Stefan Lasch
Der BassSpieler

Danke
Ruth, Elke, Ines
Hedda, Manne&Frau, Claudia
Heike, Renee, Rainer, HaRo, Mona
Ohne Euer Feedback wäre
»Der BassSpieler«
gestorben.

Bibliografische Information der Deutschen Nationalbibliothek:
Die Deutsche Nationalbibliothek verzeichnet diese Publikation
in der Deutschen Nationalbibliografie; detaillierte bibliografische
Daten sind im Internet über http://dnb.dnb.de abrufbar.

© 2023 Stefan Lasch
Covergestaltung / Layout / Fotos: Stefan Lasch
https://bass-fascination.com · https://stefla.de
Texte: »Er ist sauer uff dir« · »Dixiezug nach Dresden«
Mit freundlicher Genehmigung von Ruth Hohmann

Herstellung und Verlag:
BoD – Books on Demand, Norderstedt
ISBN: 9783734763045

Stefan Lasch
Der BassSpieler

»*Bassisten sind immer von der intellektuellen Art, aber niemand weiß es.*«
(Stanley Clarke)

I
»Moanin'«

Geschafft.
Diese Schlepperei.
Es ist ein Kreuz mit dem Kreuz.
Ich muss mich erst einmal setzen.
Sänger müsste man sein.
Schau'n Sie sich das an.
Das Gigbag mit dem Verstärker, ein Alukoffer mit Notenständer, Tablet und diese Stehhilfe. Massiver Stahl, zusammenklappbar. Vom Bass und meiner Umhängetasche mit Rauchzeug und Bürokram gar nicht erst zu reden.
Da jubelt der Rücken und meldet sich.
Mir reicht's.
Unfassbar.
Das alles schleppst du in den 3. Stock. Ohne Fahrstuhl. Zur Belohnung darfst du dir anschließend noch einen Parkplatz suchen. Zum Glück sind nachts kaum Fahrradfahrer unterwegs. Deren Gezeter hätte mir gerade noch gefehlt. Die haben kein Verständnis für einen Bassspieler, der um Mitternacht nach einem Konzert völlig ausgepowert seine Gerätschaften ausladen muss. Hoffentlich klebt unterm Scheibenwischer kein Knöllchen wegen Parkens in der zweiten Reihe.
Mein letztes Knöllchen habe ich vorgestern erst bezahlt. Auf der Heimfahrt gequatscht.

Eine Dreißigerzone übersehen, patsch, siebzig »Ocken« weg. Bearbeitungsgebühr und Spritkosten hinzugerechnet, eine »Nullnummer-Mugge«.

Ich will ja nicht rumstöhnen, mein Rücken ist des Schleppens müde. Fünf Stunden leicht verdreht und gebeugt am Bass stehen, das über Jahre, hinterlässt nun mal »Rücken«. Im Alter wird das zur Quälerei. Also kaufst du zur Linderung eine Stehhilfe, das ist so eine Art Barhocker, und darauf hockst du, wenn du spielst.
Ein Segen.
Die Wirbelsäule wird entlastet.
Wie alles Gute im Leben, es hat seinen Preis, und der liegt so bei zwölf Kilogramm.
Was dich beim Spielen entlastet, hebt das Schleppen wieder auf.
Noch eine Nullnummer.

Lernen Sie nie Kontrabass, Schlagzeug ist noch viel beschwerlicher. Sie buckeln mehr, als Sie musizieren.
Es sei denn, Roadies übernehmen die Schlepperei.
Als Bassspieler in der Amateur-Kreisklasse findest du niemand, der dir nur für gute Worte ohne Geld hilft.
Schluss mit dem Rumgestöhne.
Augen auf bei der Instrumentenwahl.

Ich hab mir's ja ausgesucht.
Wobei, ausgesucht habe ich mir den Bass gar nicht. Der Kontrabass wurde mir zugewiesen. Damals in der Musikschule gab es keine Freiwilligen für den Bass. So wie heute, über ein halbes Jahrhundert später.

Kennen Sie die Statistiken über die Beliebtheit von Instrumenten unter Schülern?

Da finden Sie keinen Kontrabass. Klavier und Gitarre sind beliebt. Das Schlagzeug wird immer beliebter. Akkordeon, Flöte, Cello sind fest in der Beliebtheitsskala verankert. Vom Kontrabass keine Spur. Der wird gar nicht erst genannt. Obwohl er 2010 zum Instrument des Jahres gekürt wurde. Einen Boom für den Kontrabass-Nachwuchs hat das jedenfalls nicht ausgelöst. Wo doch jedes siebte Kind in unseren Breiten kräftigt gebaut sein soll. Die körperlichen Voraussetzungen wären gegeben. Wie bei mir, vor über sechzig Jahren.

Ich war etwas dicklich und da meinten die Lehrer: »Der passt gut zum Bass.«
So gut nun auch nicht. Mit einer Körpergröße von schlappen 1,55 Metern sah ich neben einem Kontrabass mit 1,90 Meter Höhe recht mickrig aus. Um das auszugleichen, schob man mir ein kleines Podest unter die Füße, damit ich das Griffbrett einigermaßen fassen konnte. Grausam. Und erst die Saiten.

Haben Sie schon mal Bass-Saiten niedergedrückt?
Die dünne G-Saite mag ja noch gehen.
Die E-Seite ist dreimal so dick. Ein ordentlicher Darm, und der verlangt Kraft. Mein Einstieg in die Welt des Kontrabasses lief noch über Darmsaiten. Kein Wunder, dass meine Fingerchen da noch nicht so wollten, wie sie sollten. Mehr oder weniger quälte ich mich über das Instrument.

Das Schlimmste dabei, es kam nichts Gescheites dabei raus. Mal ein schönes Stück vorspielen, ein frommer Wunsch. Das Kratzen des Bogens auf den Saiten beileibe kein musikalischer Genuss. Es war eher eine akustische Umweltverschmutzung.

Jetzt werden Sie sagen:
»Geige oder Klavier lernen ist auch mühsam und kein Ohrenschmaus.« Stimmt.
Doch nach ein, zwei Jahren lässt sich schon mal ein kleines Stück vorspielen. Opa und Oma drückt das garantiert vor Stolz auf den Kleinen Bewunderungstränen in die Augen. Schleppst du den Bass zu Oma und Opa und streichst über die Saiten, erzeugst du bestenfalls Mitleid: »Das arme Kind, das kann das Instrument gar nicht richtig halten. Das muss doch schwer sein. Brauchst du Hilfe?« Dieses »Spiel doch mal was« hatte sich bei mir rasch erledigt.

Für Oma und Opa offensichtlich auch. Es blieb bei einem häuslichen Vorspielen. Bei Prüfungen in der Musikschule half das Davonstehlen nicht, da musste ich ran. Zwischen »3« und »4« lag meine Erfolgsquote. Recht ordentlich, gemessen an meinem Übungsfleiß.
Noch gefährlicher als Prüfungen sind Vorspiele im Orchester.

Folgende Situation: Ein Kammerorchester, zusammengestellt aus den besten Musikschülern aller Altersgruppen, bekam die Aufgabe, »Jugendweihen« – die Alternative zur Konfirmation – musikalisch zu umrahmen.

Warum ausgerechnet ich dafür ausgewählt worden war, lag sicherlich daran, dass sich keiner außer mir mit den vier Saiten herumplagen wollte. Meine Freude, in diesem Orchester mitspielen zu dürfen, war riesig.

Auf dem Pult lag die Nationalhymne von Hanns Eisler – richtig, die mit dem Aufstehen aus den Ruinen und der zugewandten Zukunft. Am Dirigentenpult ein weißhaariger, hagerer Generalmusikdirektor. So wie man sich einen GMD vorstellt. Eine Bilderbucherscheinung. Er hob den Taktstock und die Hymne erklang.

Ich kapierte meine Bassstimme nicht, spielte immer wieder falsch. Der GMD brach ab, schaute mich an und forderte: »Spiel deine Stimme mal vor!«

Allein vor einem Orchester zu spielen, ist wie beim Fremdgehen ertappt werden. Ich bekam einen roten Kopf. Das Orchester verkroch sich kichernd hinter die Notenpulte. Nach dem dritten Versuch spürte ich, wie die großväterliche Toleranz am Dirigentenpult langsam umkippte. Der GMD nahm seinen Dirigentenstab und klopfte den Rhythmus meiner Bassstimme vor.

Ich musste mitspielen.

Nach dem vierten Ton war ich raus.

»Noch mal und noch mal und noch mal«, der GMD geriet immer mehr in Rage. Er schlug derart sein Dirigentenstöckchen auf die Notenpultkante, dass es in zwei Teile auseinanderflog. Ich grinste zur Seite und sah, wie alle anderen hinter ihren Pulten erschrocken hervorlugten. Damit nicht genug.

Der GMD knallte mir noch einen Spruch an den Kopf:
»Wenn du keine Kritik aushältst: Bleib zu Hause und sammle Briefmarken. Probenton ist ein harter Ton!«
Zu Hause blieb ich nicht.
Briefmarken sammeln, langweilig.
Den Probenton konnte ich verkraften.
Der Bass siegte.
Eine pädagogisch wertvolle Maßnahme damals.
Mir hat die Probeneskalation mit dem GMD geholfen. Die Basslinie der Nationalhymne kann ich heute noch aus der Lamäng spielen. Sie will nur keiner mehr hören.

Kritikfähigkeit ist in der Kunst unerlässlich. Egal, ob du ein Bild malst, fotografierst oder musizierst. Du bekommst Lob, Ablehnung oder gar nichts. Die einen sagen »toll«, die anderen »Scheiße« und die, die schweigen, sind das Letzte.

Es gab Zeiten, da wurden Musiker sogar verprügelt, wenn sie nicht das spielten, was der »Saal« forderte.
    Einmal stellten unbekannte Dorfburschen den »Trabbi« eines Musikers mit den Rädern hochkant an eine Wand. Was für ein Gaudi! Dorfburschen waren immer zu Scherzen aufgelegt und prahlten mit ihrer Kraft. Wenn schon keinen »Trabbi« an die Wand lehnen, dann wenigstens den Saal aufmischen.
Der Schlagzeuger aus meiner Beatband sprang beim kleinsten Handgemenge sofort auf. Er griff sich einen

Mikrofonständer, rannte von der Bühne und stürzte sich in das Gerangel, um es aufzulösen. Dahinter steckte die pure Angst, verboten zu werden. Krachte es im Saal, schuldig war immer die Band. So die Argumentation der damaligen Administration. Die hatte ohnehin etwas gegen diese aufputschende »Beatmusik«. Von den »Animals« bis »Zappa« spielten wir fast alles nach, was der Empfang von Hitparaden-Klassengegner-Sendern zuließ, und das wurde sehr kritisch beobachtet. Der kleinste Vorfall, und wenn es eine harmlose Rauferei war, konnte ein Bandverbot auslösen.
Schön war's trotzdem.
Zurück zum Kontrabass.

Auf dem Bass klingen Solostücke immer etwas sonderlich. Ohnehin hat das menschliche Ohr mit den tiefen Tönen so seine Mühe.

Schau'n Sie sich mal ihre häusliche Tonwiedergabe beim Fernsehgerät an. Ohne Soundbar und Subwoofer können Sie den Fernsehton vergessen.
Und wo steht der Subwoofer?
Irgendwo in der Ecke.
Trotzdem hören Sie die tiefen Töne, ohne genau wahrzunehmen, woher sie kommen. Sie sind einfach da.

Das ist wie mit dem Salz in der Suppe, man bemerkt es erst dann, wenn es fehlt.

Genauso ist es mit dem Kontrabass.
Der fällt erst dann auf, wenn er nicht vorhanden ist, oder wie schon der erwähnte Hanns Eisler zu trefflich sagte:

»Hör ich den Bass nicht, scheiß ich auf die Melodie.«
Einen großen Vorteil hat der Kontrabass.
Die Spieler sind so rar wie Fliesenleger, Installateure oder andere Handwerker. Als ich mit dem Bass anfing, war ich weit und breit der Einzige, der das Instrument halten und damit Töne erzeugen konnte. Für ansässige Orchester ein Glücksfall.

Meine ersten orchestralen Erfahrungen machte ich in einem Zupf- und Streichorchester der Musikschule. Da saßen sie, mit ihren Mandolinen, Geigen und Gitarren, Violinen und Akkordeons und klimperten vor sich hin. Ich verharrte dahinter mit meinem Kontrabass. Auffällig und allein, ein »Außensaiter«. Das regte meine Mitspieler zu besonders »lustigen« Sprüchen an:
»Wie spielt es sich auf einer Oma?«
»Ist deine Geige gewachsen?«
»Heute spielt er Bass, morgen spielt er bässer!«
Musikerwitze gibt es für jedes Instrument.
Die Bassspieler kommen dabei noch glimpflich weg.
Lesen Sie mal Bratscher-Witze!

Was mich immer genervt hat, ist, den Bass als Bassgeige zu bezeichnen. Das ist nun völig daneben.
Der Kontrabass ist eine Mischung aus Gambe und Geige.
Er gehört nicht in die Familie der Violinen!

Jetzt koche mir erst mal einen Kaffee.
Nach der Mugge heute brauche ich das.
Mugge, nicht Muckefuck.

Sie haben schon richtig gelesen.

Muckefuck ist der koffeinfreie und herzfreundliche Ersatzkaffee, der fürchterlich schmeckt.

Mein Kaffee ist echt, schwarz und stark und hat überhaupt nichts mit einer Mugge zu tun.

Sie wissen, was eine Mugge ist?

Mugge mit Doppel-»g« und nicht mit »ck«!

Mugge ist ein musikalisches Gelegenheitsgeschäft. Ein Begriff, der zurückgeht auf eine Zeit, als sich Musikanten neben ihrer Festanstellung in einem Orchester zusätzlich Geld verdienten. Ob Tanzveranstaltungen, Hochzeiten, Beerdigungen oder sonstige Belustigungen, Musik wurde immer gebraucht, deshalb gab es musikalische Gelegenheitsgeschäfte.

Heute ist das nicht anders.

Wer hat schon was gegen ein gelegentliches Zubrot?

Komischerweise benutzen den Begriff Mugge nur ältere Musiker mit »Ostsozialisation«. Junge Menschen nennen ihre Auftritte »Gig«.

Sind sie nur Konsumenten, wird Mucke mit »ck« gleich zum Sammelbegriff für die gesamte Musik. Vielleicht beziehen sie sich auf des Wortes wahre Bedeutung: »muck« – »Dreck«. Manchmal ist Musik richtiger Dreck, wenn sie schlecht gespielt wird. Wobei »dreckig« auch anerkennend gemeint sein kann. Klingt der Gesang so richtig schön »dreckig«, so aus dem Bauch heraus, mit kratziger Stimme, im Blues zum Beispiel, dann geht das unter die Haut, da kann's nicht »dreckig« genug sein.

Genug der semantischen Klimmzüge.

Gönnen Sie mir den Schluck Kaffee, ohne Milch und ohne Zucker.

Zu meinem Kaffee passt nur »Black Coffee«.

Kennen Sie nicht – 1949 mit Sarah Vaughan, Ella Fitzgerald und drei Jahre später mit Peggy Lee veröffentlicht?

Ein wunderbarer Blues, in dem es heißt:

»Bei Kaffee und Zigaretten
Ich stöhne den ganzen Morgen
Stöhnen die ganze Nacht
Und dazwischen ist es Nikotin
Schwarzer Kaffee«

Es geht doch nichts über einen starken, schwarzen Kaffee und eine Pfeife.

Herrlich.

II
»Happy Birthday (to You)«

War das heute eine komische Veranstaltung!
Vorgestern rief mich der Chef einer befreundeten Band an, ob ich eine Aushilfe machen könne. Die Gage passte und weit fahren musste ich auch nicht. Ich sagte zu.

Ein Gasthof mit Saal, kleine Bühne. Da ich ein Zeitmensch bin, stand ich viel zu früh vor der Saaltür.
Ich war der Erste.
Warten auf den Bandchef.
Freundliche, herzliche Begrüßung.

Ich erfuhr, dass wir heute als »Telefonkapelle« spielen würden. Musiker der Stammbesetzung konnten nicht oder hatten keine Lust. Die Mugge absagen wäre auch blöd gewesen. Per Anruf eine Band zusammenstellen, fertig war die »Telefonkapelle«. Ich war heute eine von drei Aushilfen. Musikalisch kein großes Problem, denn im Dixieland sind Standards angesagt, und die haben die meisten Jazzer drauf. Proben sind deshalb kein »Muss«. Vorausgesetzt, man hält beim Spielen die Ohren offen. Wer da Probleme hat, bekommt Noten und eine Setliste, eine Abfolge der geplanten Titel. Daraus erfährt man ohne großes Nachfragen die Tonart, in der das Stück gespielt wird.

In »Telefonkapellen« lernt man Musiker kennen, mit denen man freiwillig nie gespielt hätte. Selten sind es jene, die einen begeistern.

Heute Abend war es weder noch.
Die Mitspieler trudelten langsam ein.
Nicht alle kannte ich.
Der Bandchef konfrontierte uns mit seinem Problem:
»Wir spielen heute ohne Schlagzeug. Keiner hatte Zeit. Einen Trompeter konnte ich auch nicht auftreiben. Dafür ein zweiter Klarinettist mit Saxofon.«

Warum nicht Bass, Gitarre, zwei Holzbläser, Klavier, Posaune? Glenn Miller spielte auch nicht in der typischen Big-Band-Besetzung und wurde trotzdem weltberühmt. Dass unsere Besetzung heute etwas Ähnliches reißen würde, schloss ich kategorisch aus.

Wir waren als musikalisches Geschenk für eine Geburtstagsfeier eingekauft worden. Der Jubilar liebte Dixieland und seine Gattin schenkte ihm die Musik.
Er war begeistert.
Das fehlende Schlagzeug fiel ihm nicht auf.

Nach einem kurzen Anspiel, so was wie ein Soundcheck, ging's erst mal zum Bier. Da ich kein Bier trinke, bewegte ich mich nach draußen, um eine zu rauchen.

Selig die Zeiten, als in den Jazzclubs und Kneipen noch geraucht werden durfte. Wobei, einen lästigen Nebeneffekt hatte das Rauchen im Raum schon. Abgestandener Zigarettenqualm und Bierdunst, ein Affront für jede Nase.

Als meine Pfeife einen letzten Zug hergab, waren meine Mitspieler bereits beim zweiten Bier und prosteten dem Geburtstagskind zu.

Ich schloss mich den Glückwünschen zum Tag der Geburt unbekannterweise an. Damit war auch der Eröffnungstitel klar: »Happy Birthday«.
Den versaut kein Dutzend Glas Bier.

Die Musikantenrunde blödelte vor sich hin. Der alte Spruch, dass nach jedem Bier die Titel schöner klingen würden, durfte natürlich auch nicht fehlen. Der Gastgeber scherzte mit und freute sich auf die Musik.

Ich bin nicht der Mitplauderer und flüchtete in die Setliste. Die meisten Titel hatte ich im Kopf und in den Fingern. Für diesen Abend wollte ich noch etwas ausprobieren. Angeregt von jungen Musikern griff ich zu meiner neuesten Investition, einem Tablet.

Warum noch kiloweise Notenblätter durch die Gegend transportieren, wenn ein paar Hundert Gramm Hightech den gleichen Zweck erfüllen?

Die Zeichen der Zeit würden noch besser erkannt, wenn es Pflicht wäre, alles aus dem Kopf zu spielen, mit dem Lastenrad anzureisen, kein Mikro, keine Boxen, keinen Verstärker zu benutzen und mit einem Bio-Smoothie Kraft zu tanken.
Ist das nicht authentisch, nachhaltig, emotional, empathisch, narrativ und zeitenwendegerecht?

Dem Himmel sei's gedankt, noch bleibt mir das Strampeln zur Mugge erspart.

III
»Just One of Those Things«

Ich nahm mir die Setliste des Abends, suchte die entsprechenden gespeicherten »Piecen« im Tablet und schob sie in einen eigens für diesen Abend angelegten Ordner. Antippen und schwupp, das Notenbild erschien. Die »Phase eins« meiner Tablet-Premiere war erfolgreich. Richtige Entscheidung, der Tablet-Kauf.

Zum Glück hatte ich das digitale Notenarchiv nicht in meinem Smartphone gespeichert. Als Bassspieler mit Brille ist die Distanz vom Auge zur Note recht groß. Das Notenbild wäre nur als Umriss zu erkennen gewesen. Das Tablet hatte die richtige Größe. Die Noten lesbar und die Antippflächen gut zu treffen.

Meine Begeisterung an Bits und Bytes ist nur auf das Notwendigste beschränkt. Selfies oder Teller mit Pizzen und Pasten kommen mir nicht in den Speicher und schon gar nicht ins »weltweite Gewebe«.

Bei aller digitaler Euphorie schieben sich meine Augenbrauen immer nach oben, wenn jeder »Furz« gepostet wird. Ich bin mir sicher, dass von heute Abend bereits zahlreiche Bild- und Tondokumente durch die Welt schwirren.

Die bedingungslose Hingabe zu allem Digitalen macht mir schon etwas Angst. Fällt dir ein Notenblatt vom Pult, bückst du dich, legst es zurück und weiter geht's.

Fällt plötzlich der Akku aus, hilft auch kein noch so flinkes Bücken. Blackout!

Bei einem Stadtplan durftest du dich bestenfalls über dieses knifflige Falten ärgern. Dank des digitalen Zeitalters hast du alle papierenen Altlasten entsorgt und schaust nun zu, wie dein »Navi« vor sich hin rödelt und nichts anzeigt. Bleibt nur das Hoffen auf einen Einheimischen, der dir den Weg zeigt.

Während einer Musikmesse Anfang der Neunzigerjahre des letzten Jahrhunderts erlebte ich einen Typen, der war seiner Zeit voraus. Er präsentierte ein elektronisches Notensystem für Orchester.
Die Notenblätter durch kleine Bildschirme ersetzt.
Das Umblättern über einen Fußschalter gesteuert.
Aufregendes Projekt.

Trotzdem fragte ich den Erfinder mit einem zweifelnden Unterton:
»Was passiert, wenn jemand den Netzstecker zieht, über ein Kabel stolpert oder der Strom ausfällt?«
Seine lapidare Antwort:
»Das wird nicht passieren.«
Hoffnung ist nicht nur des Kaufmanns Tod.

Trotz meiner Digitalskepsis – was mir so richtig gut gefällt, ist das Transponieren.

Sagen wir mal, du spielst »On the Sunny Side of the Street« in »Bb« wie »Berta«. Da kommt eine Berta auf die Bühne, die kann aber »Sunny Side« nur in »G« wie »Gustav« singen.

Kein Problem, du tippst auf dem Tablet G-Dur an und … schwupp … alles ist transponiert.

Berta ist gerettet.

Transponieren gehört zum Einmaleins des Musikers. Er muss auf Anhieb einen Bb-Dur-Titel auch in G-Dur oder in jeder x-beliebigen anderen Tonarten spielen können. Ich habe da meine Probleme. Der Weg von meinen Ohren in den Kopf zu meinen Fingern ist bei mir etwas gestört. Ich leide an einem »defizitären Übungsverhalten«. Meine Krankenkasse hat das anerkannt und mich beim Kauf eines Tablets kostenfrei mit einer Amazon-Kaufempfehlung unterstützt.

Ich bin der Empfehlung gefolgt.

Die häuslichen Tests mit meinem elektronischen Helferlein hatten mich überzeugt, der Livebetrieb fehlte noch. Beides unterscheidet sich nun mal wie Gustav von Gasthof.

Meine Tablet-Vorbereitung auf den Abend wurde durch eine charmant lächelnde Kellnerin wohltuend gestört. Sie offerierte mir ein Bier. Dankend verneinte ich und zeigte auf ein stilles Wasser.

Unser Spielbeginn rückte näher.

Ich fragte, wo man sich denn umziehen könne. Hinter der Bühne wäre das möglich, erfuhr ich. Also schnappte ich meinen Kleidersack und schlenderte zur Umkleidestätte.

Bei »Telefonkapellen«, als Aushilfe, bekommst du immer eine Ansage zur Kleiderordnung.

Heute Abend hieß die: schwarzer Anzug, schwarze Schuhe, schwarze Socken, weißes Hemd und Fliege ad libitum. Solch eine, die versteckt im Schrank herumliegt.

Die Band war verkleidet, der Saal gefüllt, der Jubilar umringt von Gratulanten. Die Gattin des Jubilars gab ein Zeichen und ab mit »Happy Birthday«.
Freie Einleitung – Übergang zum swingenden Teil.
Pillepalle.
Ohne Schlagzeug – problematisch.

Standardmäßig trommelt der Trommelschläger eine Überleitung und hebt die Band in den richtigen Rhythmus. Da die Trommelei fehlte, versuchte der Bandchef durch heftige Körperbewegungen das gewünschte Tempo vorzugeben.
Nicht alle meiner Mitspieler konnten dem folgen.
Es holperte.

Auf wundersame Weise trafen wir uns dennoch beim gemeinsamen Tempo. Offensichtlich trübte der »Happy Birthday«-Holperer nicht das Hörerlebnis. Der Jubilar klatschte begeistert und ein kräftiges Mitsingen im Saal war auch zu hören. Dann folgte das, was bei derlei Festivitäten folgen muss.

Jemand stolpert auf die Bühne, wühlt sich durch Musiker und Instrumente, findet endlich das Mikrofon. Bevor er loslegt, pustet er voller Inbrunst in das Mikro und brüllt: »Hört ihr mich?« Dabei umfasst er die Sprechkapsel des Mikrofons mit beiden Händen und erzeugt ein brutales Pfeifen.

Das wiederum beförderte mit einem Aufschrei die Hände der Gäste zum Schutz an die Ohren.

Der Bandchef fummelte hastig am Mischpult herum und versuchte das Pfeifen zu eliminieren. Als studierter Tonregisseur erkannte ich sofort die Ursache.
Eine Rückkopplung.
Ich gab dem »Laudator in spe« den Hinweis, er möge das Mikrofon unten anfassen.
Das Pfeifen war weg.

Was für eine Unsitte, nicht die Reden, die manchmal auch, sondern das Pusten in ein Mikrofon. Erstens klingt's schauderhaft und zweitens legt sich zerstörerische Feuchtigkeit auf die Mikrofonmembran.

Müssen Sie mal eine Rede halten, ob Lob oder unnütz sei dahingestellt, fassen Sie das Mikro immer am unteren Ende an, fernab der Sprechkapsel, und testen Sie es niemals mit Pusten. Ein leichtes Kratzen erfüllt auch den Zweck, um die Übertragung in die Lautsprecher zu testen.

Im Erfolgsgefühl, auf einer Bühne stehen zu dürfen, befreit von allen technischen Unzulänglichkeiten, begann die Lobeshymne auf den Jubilar. Die Band und ich lächelten gelangweilt. Aus dem Saal kroch der eine oder andere Lacher hervor. Nach gefühlten zwei Stunden waren die Lobhudeleien vorbei.
Der Redner tapste zurück in den Saal.
Blick in die Setliste, »When You're Smiling«.
Der Bandchef übernahm den Gesang.

Der Jubilar schnappte seine Frau, schob sie auf die Tanzfläche und katapultierte sich zurück in seine Rock-'n'-Roll-Zeit.
Die Begeisterung der Gäste hielt sich in Grenzen.
Offensichtlich war er der Einzige im Saal, dem Dixieland zusagte.
Wir spulten mehr recht als schlecht das erste Set herunter und fanden uns danach am Tresen ein.

Einzige Lichtblicke, mein Tablet hatte mich nicht im Stich gelassen und die hinreißend lächelnde Kellnerin mit ihrer betörenden Ausstrahlung.

IV
»Honeysuckle Rose«

War die Musik nicht die abendliche Erfüllung, die Kellnerin schon. Ich weiß, heutzutage musst du sehr vorsichtig sein, wenn du dich über Frauen auslässt.

Anschauen oder Komplimente geraten rasch in den Verdacht, »sexuell belästigend« zu sein. Lässt du dich dann noch über Äußerlichkeiten aus, findest du dich sofort in den Kategorien »Mobbing« oder »Body Shaming« wieder. Du könntest sogar verbal gesteinigt werden, wenn du einer Leggingsträgerin mit Rucksack und Turnschuhen jenseits der 38-er Konfektionsgröße sagst, sie sähe scheußlich aus.

»De gustibus non est disputandum«

Die Kellnerin jedenfalls trug keine Leggings, obwohl sie es gekonnt hätte. Ihre Beine umhüllten schwarze Strümpfe. Ein knapper Rock und ein knackig anliegendes Oberteil folgten ihren reizvollen Rundungen.
Sie war die »Honigblumen-Rose« unter den »Stiefmütterchen« des Abends.
Ein tolles Weib.

Meine Kollegen balzten, was ihr Alter hergab. Wie es des Bassers Art ist, hielt ich mich zurück. An ein Weiterspielen dachte niemand.
Ich fragte, ob wir etwas Löffelmusik machen sollten.
»Nö, ich hab Hunger«, reagierte der Gitarrist.
Alle anderen nickten zustimmend.

Das ist das Schöne bei diesen Veranstaltungen.
Nach der Eröffnung wird erst einmal gegessen und das zieht sich. Die Musiker waren natürlich eingeladen.

Ich mag das nicht, wenn sich Gäste und Band am Buffet vereinen und dabei ihre eigentliche Berufung vergessen. Musiker und Buffets sind wie Heuschrecken am Horn von Afrika. Leckereien lösen einen Reflex der Begierde aus.

Für einen Empfang in einem Nobelhotel half ich in einer Big Band aus. Als die Aufbauarbeiten abgeschlossen waren, entdeckte der Saxofonist in einem Nebenraum das Buffet. Die Speisen lagen malerisch aufgebaut und unbeobachtet auf den Tischen. Es roch verführerisch und schrie förmlich: »Greif zu!«

Der Buffet-Entdecker konnte der Verlockung nicht widerstehen und kam mit einem vollgepackten Teller in unseren Aufenthaltsraum zurück. Um das aufwendig angerichtete Essen war es geschehen.
Die Symmetrie auf den Platten – verschwunden.
Schüsselinhalte – mit Deformationen übersät.
Die weißen Tischtücher – bekleckert.
Aufgereihte Dessertgläser – lückenhaft.

Die Band hatte gerade die ersten Bissen in den Mund geschoben, als brüllend der Hoteldirektor in den Raum stürmte: »Seid ihr von allen guten Geistern verlassen. Eine Unverschämtheit. Das ist mir noch nie vorgekommen. Nehmt euer Zeug und verschwindet sofort aus meinem Haus. Die Abrechnung kommt per Post.«

Leider habe ich nie erfahren, wie der Empfang musikalisch gerettet worden ist und wie hoch die Rechnung war. Natürlich sind nicht alle Musiker derart unverschämt gefräßig. Manche warten ab, bis die Veranstaltung beendet ist, und schlagen erst danach zu oder nehmen sich etwas für zu Hause mit. Was hygienisch betrachtet nicht zu empfehlen ist.

Einmal verfiel ich diesem Mitnahmeeffekt. Als ich am nächsten Tag den Kühlschrank öffnete, strömte mir ein unangenehmer Geruch entgegen. Die Buffet-Mitbringsel befanden sich bereits im Stadium des Verfalls.

Eine große Rolle spielte der Geruch auch bei »Dixie-Brunches«, veranstaltet von Restaurants am Sonntagvormittag. Ein willkommenes Angebot. Wir hatten Muggen und die Gäste opulente Gaumenfreuden.

Die warmen und kalten Speisen drapierten die Gastronomen gern auf Tischen in Bühnennähe. Getanzt wurde ohnehin nicht und die leere Fläche vor der Bühne fand eine neue Bestimmung.

So weit, so gut, wenn da nicht die Gerüche von Bratwürsten, Hähnchenkeulen, Käse, Rühreiern, Buletten, Fisch und die mit Spiritus geheizten »Rechauds« gewesen wären. Das alles vereinte sich zu einer auf die Bühne wabernden Duftwolke.

Mir als Bassist und Pfeifenraucher machte dieser Geruchsmix nichts aus. Meinen Mitspielern umso mehr. Spätestens nach dem ersten Set fingen sie an, die Nasen zu rümpfen.

Die Bläser klagten über leichte Atembeschwerden. Den Vokalisten schlug der Dunst auf die Stimmbänder. Manchmal versuchte ich, den Kneipier von einer anderen Aufstellung seines Buffets zu überzeugen. Schlug das fehl, musste er eine neue Band für den Dixie-Brunch engagieren.

Heute Abend war alles anders. Die Speisen befanden sich weit entfernt von der Bühne. Eingeladen vom Gastgeber, begab sich die Band gesittet an die Nahrungsquelle und langte zu. Als die Teller geleert und die »Nachspül-Biere« getrunken waren, trotteten wir zu den Instrumenten auf die Bühne. Ich schaltete mein Tablet ein und überprüfte die Instrumentenstimmung.

»Mack the Knife« war dran. Gespannt, wie die Band den Brecht/Weil-Song spielen würde, wartete ich auf das Einzählen. Normalerweise geht »Mackie Messer« in den Strophen durch die Harmonien, und das bedeutet: Höchste musikalische Gefahr.
Der Bandchef gab die Entwarnung:
»Wir bleiben in Fritze!«
Kein Tonartwechsel ist nicht so musikantisch, dafür sicher. Der Bandchef, der auch sang, vermied es, Louis Armstrong nachzuahmen. Dem Titel bekam das gut. Der »Haifisch-Song« bog gerade in den Schlussakkord ein, als die Gattin des Jubilars zum Bühnenrand eilte. Der Bandchef beugte sich ihr entgegen, nickte und drehte sich zu uns herum: »Wir sind zu laut.« Da war es, jenes ungelöste Problem der Menschheit, die Lautstärke.

Der Gitarrist neben mir fingerte an seinem Verstärker. Ich nickte zustimmend und änderte nichts an meinem Bass. Mein »Gallien-Krueger« besaß ohnehin nicht die Power, um Ohren zu betäuben.

Als Kontrabassspieler berührt dich die Lautstärkefrage kaum. Das Instrument ist von Natur aus eher leise. Steht dein Bassverstärker jedoch auf einem hölzernen Bühnenboden, dann kann es ganz schön dröhnen. Deinen Mitspielern geht das auf die Nerven und du stellst den Verstärker weit weg oder auf einen Stuhl.
Das Dröhnen verschwindet.
Die Meckerei ebbt ab.
Der Bandfrieden wieder hergestellt.
Im Saal stören die tiefen Basstöne selten.
Schuld an den »Das ist zu laut«-Rufen sind Trompeter und Posaunisten. Schmettern die ihre hohen Töne in den Saal, lösen sie das Abwehrverhalten aus.

Zugegeben, ich mag es, wenn die Musik so richtig schön powert. Bei einem Konzert oder über Kopfhörer. Sitzt du mit einer Liebsten in einem Café oder beim Essen und die Musik ballert dich zu, dann nervt mich das ungemein.

Musiker umgehen das mit »Löffelmusik«. Manch einer sagt auch vornehm dazu »Dinner Jazz«. Da weiß jeder sofort, ganz leise spielen, keine musikalischen Ausbrüche, Schlagzeug nur mit Besen, ohne Mikrofone.

Meine »Hörregel« war immer:
»Kannst du Klappern, Schmatzen hören,
dann wird die Musi' niemals stören.
Wenn das Spielen alles überdeckt,
ist's zu laut – die Leute sind verschreckt.«

Ich erinnere mich an eine Mugge, da war's umgekehrt. Das Publikum übertönte die Musik. Mit meinem Trio – Bass, Klavier, Schlagzeug – war ich für einen Kongress verpflichtet worden. Spielort ein als Lounge eingerichteter Flur. So mit Tischen und bequemen Sitzmöbeln, Bar.

Vereinzelt kam mal jemand vorbei, hörte zu und haute wieder ab. Uns störte das nicht, denn wir hatten den Abend als »öffentliche Probe mit Schmerzensgeld« abgehakt. Am äußersten Ende des Raumes saßen vier Herren, deren Gelächter sich gelegentlich über unsere Musik legte. Im Laufe des Abends wechselten die vier Herren direkt vor unsere Spielfläche. Zunächst denkst du, die interessieren sich für deine Musik.
Ein Trugschluss.

Die vier Herren diskutierten, lachten. Sie waren sehr laut. Gerade als der Pianist auf seinen »Take The ›A‹ Train«-Chorus zusteuerte, steigerte sich der Geräuschpegel der vier Herren. Hätte ja Begeisterung sein können, weil wir »›A‹ Train« nicht im üblichen Tempo spielten, sondern ganz langsam, so mit 72 Beats pro Minute, im Andante-Bereich.
Begeisterung war's nicht.
Das Gesicht meines Pianisten verzerrte sich.

Die Lippen aufeinandergepresst.
Die Augen zu Schlitzen verformt.
Plötzlich haute er einen etwas unpassenden Akkord in seinen Chorus, sprang auf und ging an die Bar. Ich blickte zum Schlagzeuger, der fragend zurück. Wir einigten uns nonverbal, den »›A‹ Train« zu stoppen.
Ich zur Bar und fragte, was denn los sei.
Der Pianist empört:
»Das ist eine Frechheit, unsere Musik zu missachten.
Soll'n se sich doch woanders hinhocken und quatschen.
Das hab ich nicht nötig, mir so was anzutun.«

Mit Engelszungen, gespieltem Verständnis und dem Hinweis auf den Vertrag – das »Schmerzensgeld« war übrigens überdurchschnittlich – ermunterte ich zum Weiterspielen. Die lautstark plaudernden Herren bemerkten unseren Unmut über ihr Verhalten. Einer von ihnen kam zu mir, entschuldigte sich und lobte unsere Musik. Der Abend fand dann doch noch ein versöhnliches Ende.

»Löffelmusik-Muggen« sind zugegeben nicht des Musikers Erfüllung, stimmt die Gage, nimmt er sie gerne mit.

V
»Embraceable You«

Die Geburtstagsfeierlichkeit dümpelte vor sich hin.
Als wir in lockerer Runde eine Set-Pause pflegten, trat die Gattin des Jubilars an unseren Tisch und fragte, ob es möglich sei, ein Mikrofon in den Saal zu stellen.

Ich ahnte, was jetzt kommen würde, die berühmten Belustigungen zur Auflockerung der Stimmung. Meist vorgefertigte Gedichte, mit den Daten des Jubilars angepasst, vorgetragen von einem der Gäste. Lustig soll's sein. Peinlich wird es, wenn Spiele mit sexuellen Andeutungen angezettelt werden.

Kennen Sie nicht?
Ein männlicher Gast wird aufgefordert, einen Gurt umzubinden, an dem eine Schnur mit einem gefüllten Säckchen hängt. Zwischen seinen Beinen steht eine brennende Kerze. Nun muss der Auserwählte versuchen, mit einem rhythmischen Vor-und-Zurück das Säckchen an der Schnur in Pendelbewegungen zu versetzen, um die Kerze auszulöschen.
Brüller garantiert.
Mein Humorzentrum erreichen diese Spielchen nicht.
Das Mikrofon stand in der Saalmitte.
Die Belustigung nahm ihren Lauf.
Ich eilte unbemerkt an die frische Luft und griff zur Pfeife. Gedankenversunken genoss ich den Rauch.
Plötzlich riss mich eine Stimme aus meinem Genuss:

»Entschuldigung, hast du Feuer?«, fragte hinter mir die Kellnerin mit einer Zigarette in der Hand. Leicht irritiert griff ich zum Feuerzeug. Höflichkeitsfloskeln flogen hin und her. Die Kellnerin drückte ihre Zigarette aus und ging mit einem Entschuldigungslächeln zurück in den Saal. Bevor die Saaltür zuschlug, steckte ich ihr meine Visitenkarte zu.

Man weiß ja nie.

Gelegentlich muss »Mann« seinen Marktwert testen.

Wenn ich auch kein Rock-'n'-Roller bin und nur normalen Tabak, ohne Tetrahydrocannabinol, rauche, Musik und Frauen gehören zusammen.

Oder wie es bei unseren Altvorderen hieß:

Sex, Drugs and Rock 'n' Roll

Bühne ist schon etwas Besonderes.

Du wirst beklatscht, manchmal auch mal bewundert.

Du schaust in den Saal und entdeckst »Weiblichkeiten«, die zurücklächeln.

Ein kleiner Brückenschlag für die Zweisamkeit.

Ein großer Moment für das Ego.

Mit dem Älterwerden nehmen die Brückenschläge rapide ab. Die Mädels sind nicht mehr so prickelnd. Lust auf ein Abenteuer signalisieren sie selten. Die Blicke wirken eher beiläufig und unverbindlich. Meine Sehkraft ist ohnehin leicht geschwächt. Scheinwerfer und dunkle Säle tun ihr Übriges.

Am besten waren Clubs. Ich erinnere mich an eine Spielstätte, da tobte das Publikum direkt vor der Band.

Ein sehr bekannter Laden mit einem spektakulären Ruf. Frauen aller Altersgruppen von 18 bis »reif« waren vertreten. Ein Fest, dort zu spielen. Leider endeten die Auftritte nach zwei, drei Jahren. Die Anwohner hatten wegen der Lärmbelästigung gewonnen.

Die wohlige Erinnerung an die »frauenlastige« Spielstätte der Neunzigerjahre blieb. Wobei es damals nur eine visuelle Befriedigung war. Wie ärgerlich!

Augenkontakte und Gesten sind das eine, der nächste Schritt – die verbale Annäherung.
Wie nimmt der Bassspieler direkten Kontakt auf?
Den Kollegen blieben Kontaktaufnahmen selten verborgen. Kaum wahrgenommen, fingen sie mit dämlichen Sprüchen und Witzeleien an:
»Jetzt macht der den Leim warm!«
»Streng dich an, damit keine Klagen kommen.«
»Was wird wohl deine Frau dazu sagen?«
»Kondome sind auf der Toilette, im Automaten.«

Um diese »Ratschläge« zu umgehen, hatte ich mir eine sehr unauffällige Taktik angeeignet. Sobald sich die Band mit ihrem Bier beschäftigte, näherte ich mich der Frau meiner Begierde mit kleinen Komplimenten.
Erfolgte keine Abwehr, bot ich eine CD an, die ich gern zuschicken würde. Bekam ich die Adresse, konnte es mit dem »Brückenbau« weitergehen.

VI
»My Favorite Things«

Seit meinem 14. Lebensjahr mache ich Musik.
Aufgewachsen in der Zeit, als die Säle mit drei Gitarren und Schlagzeug bespielt wurden. Da lernte ich das Wechselspiel Musik – Bühne – Frauen kennen. Als Halbwüchsiger war das Anschauen von Mädels eher zufällig und frei von jedweder Absicht. Die Aufmerksamkeit gehörte ganz und gar dem Musizieren und der Technik.

Damals gab es noch keinen Onlinehandel, bei dem du schnell was bestellen konntest. Geschäfte, die entsprechendes Equipment anboten, existierten im Osten auch nicht.
Du warst zur bastlerischen Kreativität verdammt.
Alte Radios wurden zu Verstärkern umfunktioniert.
Gitarren mit Tonabnehmern aufgepeppt.
Bauanleitungen aus »Der Funkamateur« aufgespürt.
Der Lötkolben gehörte damals zur Musik wie das Bier zum Dixieland.
Ein Kabel war immer defekt.
Ohne Reparaturen begann keine Probe, kein Auftritt.

Mein alter Schulfreund und Gitarrenspieler Arnim war solch ein »Bastelgenie«. Er brachte oft Eigenbaugeräte mit. Gespenstisch die Umsetzung. In einer Zigarrenkiste hatte er Transistoren, Widerstände, Buchsen, Kondensatoren, Batterien verbaut. Nicht etwa fein verlötet, er nahm Heftpflaster für seine Schaltungen.

Einen Lötkolben besaß er nicht. Seine Basteleien funktionierten eher zufällig. Mitunter konnte durch Rütteln, Klopfen oder einen zusätzlichen Streifen Heftpflaster der Zigarrenkiste doch noch die gewünschte Funktion entlockt werden. Das Motiv von »I Can Get No Satisfaction« klang mit dem Arnim'schen Eigenbau-Verzerrer gar nicht mal schlecht. Auch den Tremolo-Vibrato-Effekt für »Crimson and Clover« – Sie erinnern sich, Tommy James & The Shondells, 1968 – brachte er hin. Die Gitarre tremolierte fast wie im Original. Mit heutigen Ohren muss das trotzdem alles unterirdisch geklungen haben. Leider gibt es davon keine Mitschnitte.

Brachten Arnims Basteleien kleinere Erfolgserlebnisse, ging mein erster Eigenbau völlig in die Hose. In der Zeitschrift »Technicus« fand ich die Bauanleitung für eine Bassreflexbox. Genau das Richtige für meine Bassgitarre, dachte ich. Da mir die Abmessungen etwas mickrig vorkamen und das innere »Gedöns«, Schallumleitungen und so, nicht wichtig erschien, verzichtete ich auf die Innereien und verdoppelte nur die Maße.

Aus Mangel eines nicht vorhandenen Brettes ließ sich die Boxentiefe nicht vergrößern. Aus den 50 mal 30 mal 20 cm wurden 100 mal 60 mal 20 cm. Die Frontseite bekam eine Sperrholzplatte mit zwei großen Löchern. Dahinter wollte ich zwei »Zwölfeinhalber« anschrauben.

Noch heute ist der berühmt-berüchtigte 12,5-Watt-Lautsprecher RFT L3060-PB – 12,5 VA / Watt, 6 Ohm – zu bekommen.

Bis zu hundert Euro und mehr kostet die »Rarität«.
Zu meiner Zeit gab es den begehrten Lautsprecher für rund dreißig Ostmark, wenn es ihn gab.

Leider besaß ich nur einen »Zwölfeinhalber«. Das zwanzig Zentimeter große Loch für den zweiten blieb offen. Zusammengezimmert, mit dunkelbraunen Farbresten angepinselt, innen mit Filzstücken beklebt. Auf die Frontseite nagelte ich schwarzen Stoff aus Omas Nähkasten. Fertig war meine Superbassbox. Von einem Kumpel bekam ich einen Eigenbauverstärker mit EL34-Röhren und 20-Watt-Leistung. Damit wollte ich meine »Superbassbox« zum Klingen bringen.

Der erste Test – niederschmetternd.

Von ordentlichem Bassdruck nichts zu hören.

Es klang wie »Huf«.

Dafür war die Kiste sauschwer und unhandlich. Ich hatte die Transportgriffe vergessen.

Ein einziges Mal kam der Schrank mit Lautsprecher auf die Bühne und verschwand anschließend auf Nimmerwiederhören im Keller.

Schließlich trieb ich einen »MV3«-Röhrenverstärker vom VEB Klingenthaler Harmonikawerke auf. Dazu gehörte eine 76 mal 46 mal 38 cm große Box. Bestückt mit jenem 12,5-Watt-Lautsprecher, den ich von meinem Eigenbau her kannte. Die Kombination hatte zwar keinen »Doppel-Wumms«, einer reichte aus. Einen klitzekleinen Nachteil gab es. Man durfte den Verstärker erst einschalten, wenn die Box angeschlossen war.

Der Verkäufer, der mir die Anlage vorführte, dachte offensichtlich nicht daran. Er schaltete den »MV3« ein und schloss erst danach die Box an.

Es roch verbrannt. Zu hören war nichts.

Eine Lehre fürs Leben.

Zum Glück hatte er noch einen zweiten Verstärker auf Lager und eine Bassgitarre. Eine mit drei Tonabnehmern, weiß, perlmuttartig, eine »Migma Deluxe«.

Die »Beatkarriere« konnte gestartet werden, wenn da nicht Schule und gewisse Vorbehalte gewesen wären. Meine Eltern waren in puncto Musik äußerst großzügig. Die meiner »Beat Brothers« eher ablehnend.

Ausgerechnet am Sonntag vor dem schriftlichen Deutsch-Abitur hatten wir einen Auftritt in einem angesagten Saal. Zum Glück spielte an diesem Abend noch eine zweite Band. Wir deshalb nur von 18 bis 20 Uhr. Kaum war der letzte Titel verklungen, schlichen sich meine Mitspieler nach Hause und empfingen die wütenden Worte ihrer Eltern. Schwebte doch das Damoklesschwert »Abi« über den Köpfen.

Pünktlich um 7 Uhr am Montag saß ich vor einem weißen Blatt und suchte ein mir genehmes Aufsatzthema aus. Trotz des »Beats« vom Vorabend reichte meine »Schreibe« für eine »3«.

Bis in die Neunzigerjahre verstärkte ich mit dem »MV3« mein Kontrabassspiel. Oft klapperten die Griffe der Box, doch funktioniert hat er wie am Abend vor dem Abitur mit der »Migma Deluxe«.

VII
»In the Mood«

Heute Abend erfreute das Publikum ein »Gallien-Krueger« mit meinem Bassspiel. Nur dann nicht, wenn ich Pause hatte und draußen vor dem Saaleingang rauchte. Gelegentlich warf ich ein Auge in den Saal.
Die Publikumsspiele befanden sich im Endstadium.

Meine Pfeife war aufgeraucht. Zurück in den Geburtstagstrubel. Die Musiker saßen froh gelaunt am Bandtisch. Das Pausenende deutete sich an. Die Kellnerin lächelte mir zu. Ein ähnliches Glücksgefühl wie beim »Einrauchen« einer neuen Pfeife. Ein Blick zur Uhr sorgte für einen weiteren glücklichen Moment. Fast drei Stunden waren vorbei. Noch zwei Stunden durch die Setliste ackern, dann Schluss. Ein Irrtum. Denn als wir mit »Blueberry Hill« die musikalische Unterhaltung wieder aufnahmen, füllte sich plötzlich die Tanzfläche.

»Auch das noch«, murmelte ich vor mich hin, »müssen die jetzt auch noch tanzen?« Ein untrügliches Zeichen für Verlängerung. Einerseits ist es natürlich willkommen, wenn deine Musik trotz fehlendem Schlagzeug zum Tanzen animiert, andererseits heißt das, das Ende schiebt sich nach hinten. Meine Befürchtung wurde in der Set-Pause Realität. Der Bandchef deutete an, dass wir mindestens eine Stunde länger spielen müssten.

»Und was ist mit der Kohle?«, fragte der Klarinettist.

»Es gibt 200 Glocken mehr«, reagierte der Bandchef.
»Für jeden?«, polterte der Gitarrist dazwischen.
»Schön wär's, für die ganze Band natürlich.«
Die Gagenfragen hatten sich damit erledigt.
Wenn auch nicht euphorisch, die Band folgte kommentarlos dem Ruf der Zusatzgage.

Wir hatten uns eingespielt. Die Gäste tobten auf der Tanzfläche, die Stimmung dem Bierpegel angepasst. Die alte Weisheit, dass die Musik nach jedem Bier besser klingt, schien sich zu bestätigen.

In den Pausen suchte ich unauffällig den Kontakt zur Kellnerin. Mehr oder weniger gelangen Blicke und Wortfetzen. Am Bandtisch wurde gefragt, wann denn endlich Schluss sei.
Ein Hoffnungsschimmer vom Bandchef:
»Noch ein, zwei Sets, dann ist Fine.«
Die Erlösung, der Bandchef zelebrierte endlich die Abschiedsansage.
Der Saal brüllte:
»Zuugaabe … Zuugaabe … Ice Cream … Ice Cream!«
Das gefällt jedem Protagonisten im Dixieland, nervt aber auch ein bisschen.

Dem großen Chris Barber haben es alle Musikergenerationen zu verdanken, dass »Ice Cream« zu einem »Muss« im Dixieland geworden ist.
1922 entstand der Song, den Barber 1954 mit seiner Band und neuem Text aufnahm.

Der »Ice Cream«-Siegeszug begann.
Der Text ist schon genial:
»Ice Cream, News Cream,
Everybody Wants Ice Cream,
Rock, oh Rock My Baby Roll.«
Vorzüglich geeignet zum Mitgrölen auch ohne Kenntnisse der englischen Sprache. Doch bei »Ice Cream« steckt der Teufel in den Strophen.

Der Posaunist der »Telefonkapelle« war einer der wenigen, die den Titel vollständig draufhatten, und sang. Fast alle Bands spielen nur den Refrain. Die Strophen werden aus Unkenntnis der Harmoniefolge weggelassen. Vorsorglich verteilte der Posaunist Notenblätter, so wie er »Ice Cream« vorhatte zu singen. Es konnte nichts schiefgehen. Das Lied wurde fast fehlerfrei aus der »Hüfte« gespielt. Kräftiger Applaus und Bravorufe.

Ich knipste meinen »Gallien-Krueger« aus und packte meine Utensilien ein. Der Bass kam in seine Transporttasche. Die Stehhilfe zusammengeklappt in die vorgesehene Hülle. Der Verstärker landete in seinem Gigbag. Notenständer und alles andere in einem Alukoffer. Vier Behältnisse mit dem Werkzeug des Bassspielers warteten vor der Bühne.
Der Kleidersack mit dem schwarzen Anzug lag darüber.
Die Umhängetasche am Mann.
Letzter Akt des Abends als Aushilfe in der »Telefonkapelle« – die Frage nach der »Kohle«.

»Ich zahle erst aus, wenn ich fertig bin«, reagierte der Bandchef, während er die Anlage abbaute.
Eine gute Entscheidung.
Blieb noch etwas Zeit, um die Kellnerin zu beobachten. Sie machte in jeder Hinsicht eine auf- und anregende Figur. Reizvoll, wie sie die Tische abräumte, durch den Saal trippelte und elegant mit den Tabletts jonglierte. Ich war gespannt, ob sie auf meine Visitenkarte reagieren würde. Es war so weit, der Bandchef kam mit einem Covert und verteilte den Inhalt:
»Die Mugge hat nicht stattgefunden.«
Das war der Code für die fiskalische Behandlung der Gage. »*Do You Know What It Means …?*«

Meine fünf Gepäckstücke ins Auto verfrachten. Alle mit »Hat Spaß gemacht« verabschieden, den Bandchef ermuntern, dass er gern anrufen könne, wenn er wieder mal einen Bass sucht. Blick zur Kellnerin, mit der Handbewegung Daumen und kleiner Finger zum Ohr.

Diese »Aushilfs-Mugge« war ausgesprochen entspannt. Die Gage o. k. Musikalisch ging es ohnehin nicht um eine Grammy-Nominierung. Die Kollegen sehr angenehm und eine Kellnerin mit Potenzial.

Gelobt seien »Telefonkapellen«. Du kommst an, baust dein Zeug auf, spielst, was aufs Pult kommt, packst zusammen, nimmst die Gage, fährst nach Hause und hast etwas für deine Libido getan. Als Bandchef musste ich ganz andere Brocken schultern. Das fing bei der Akquise an und hörte bei der Steuererklärung auf.

VIII
»Bourbon Street Parade«

Mein Weg zum Dixieland begann wie der heutige Abend als Aushilfe. Ich war als Schallplattenunterhalter – was für ein fürchterliches Wort, so nannte man damals einen DJ – für einen Abend im Asbest-bekannten Gebäude gebucht. Genau da, wo heute die Coverversion eines Schlosses steht.
Lang ist's her.

Als Diskoeinlage sollte eine beliebte Dixielandband spielen. Doch der Bassist fehlte, obwohl sein Instrument bereits auf der Bühne stand. In jener Zeit gab es noch keine Handys, blieb nur abzuwarten und zu hoffen, dass der Bassist bald käme.
Der Spielbeginn rückte näher.
Vom Bassisten keine Spur.
Alarmglocken schrillten.
Die Band musste gewusst haben, dass ich einen Bass richtig halten kann. Jedenfalls wurde ich gefragt, ob ich bis zum Eintreffen des Stamm-Bassisten mitspielen könne. In einem Anflug von Überschätzung sagte ich: »Ja!«
Die Band glücklich – ich, zögerlich.
Dixieland und Blasmusik gab es bisher noch nicht auf meiner Liste der Musikerfahrung. Außerdem fehlte mir die spielerische Fitness. Ich hatte ewig lange das Instrument nicht mehr in die Hände genommen.

Die Bandmitglieder versuchten, meine Bedenken zu zerstreuen: »Das schaffst du. Wir spielen nur Standards.«
Was zum Teufel sind Standards?
Zu jener Zeit noch ein Fremdwort für mich. Bei allem inneren Widerstand fühlte ich mich schon etwas geschmeichelt. Mit Hinweisen zum ersten Titel, der »Bourbon Street Parade« in Bb-Dur, griff ich zum Instrument.

B-Tonarten sind auf dem Kontrabass nicht gerade gut zu spielen, erinnerte ich mich. Orchester-Erfahrungen hatte ich, die lagen inzwischen in weiter Ferne und die Stücke bewegten sich meist in Kreuztonarten.

Als Jugendlicher spielte ich nicht nur in Orchestern der Musikschule, sondern auch in einem »Musik- und Kulturensemble« meiner Heimatstadt – Wiener Walzer, »My Fair Lady«, Offenbach, Operette und andere »Schmonzetten«.
Nicht zu vergessen Beatbands und eine Tanzkapelle. Da allerdings als Bassgitarrist. Meine zwei Semester Kontrabassstudium an einer Musikhochschule waren auch schon Geschichte.

Weitaus gravierender – meinen Händen fehlten Kraft und Hornhaut. Eine zwingende Voraussetzung für das Kontrabassspiel. Geübt hatte ich schon seit Jahren nicht mehr. Mit diesen Gedanken im Kopf ergriff ich das Instrument. Drückte die Zarge leicht gedreht gegen meine linke Leiste und setzte die linke Spielhand aufs Griffbrett. Die G-Saite zupfte ich mit rechts an und versuchte eine Tonleiter zu spielen.

Mein Warm-up, damit wenigstens der erste Ton nicht gleich in die »Grütze« ginge.

Ich ließ mir vom Banjospieler ein »G« geben und versuchte das Instrument einzustimmen. Es gelang, Dank meiner guten Ohren.

Das ist wie mit dem Sex.

Wenn du weißt, wie es geht, verlernst du es nie.

Es sein denn, Kopf und Körper spielen nicht mehr mit und lösen Enttäuschungen aus.

Nicht bei mir.

Alles ist bestens.

Die ersten Schritte mit dem Stimmen des Instruments ins »Dixie Land« waren gemacht. Nun wartete ich auf das Einzählen. Kein Einzählen. Der Bandchef nickte nur dem Schlagzeuger zu und der trommelte eine »Locke« wie bei einer Blaskapelle, eine Art Trommelwirbel. Nach einigen Takten stiegen die Bläser mit einem fanfarenähnlichen Motiv ein. Das dauerte vier Takte und genau in diesem vierten Takt hätte ich auf »eins und« einen Bassauftakt spielen müssen. Ich hatte ihn verpennt. Zum Glück traf ich im fünften Takt die »Eins« und spielte dann immer auf »Eins« und »Drei« mein Bumm … Bumm … Bumm … Bumm. Das passte und harmonisch lag ich auch nicht daneben.

Die Kraft in meinen Händen begann sich langsam zu verabschieden. Der Zeigefinger der rechten Hand fing an zu schmerzen. Ein Gefühl wie scheuerndes Schuhwerk bei einer Wanderung. Nur dass beim Bassspielen ein Finger die Saite anreißt und sie in Schwingungen versetzt. Das verträgt kein ungeübter Finger. Er wehrt sich mit dezentem Brennen und entwickelt unter Haut eine Blase. Die linke Hand dagegen verfällt zunehmend in eine Schwere, die sich bis in den Unterarm fortsetzt. Dadurch lässt der Druck auf die Saiten nach und die Töne klingen grottenschlecht.

Die Rache der versäumten Übungsstunden.

Es folgte noch ein »Blues in B«.

Der wird immer dann gespielt, um musikalische Risiken zu vermeiden. Das Bluesschema mit den drei Akkorden hatte ich drauf und das Tempo entsprach meinem Belastungszustand. Es war gemächlich.

Eigentlich Routine – uneigentlich, sie fehlte mir.

Endlich kam der »richtige« Bassist.

Mir fiel die Last aus den Händen.

Die Blase am rechten Zeigefinger hatte trotz der wenigen Minuten Saitenkontakt schon ordentlich Flüssigkeit gesammelt. Die linke Hand meldete eine leichte Verkrampfung. Komischerweise spürte ich das beim Spielen kaum. Das ist wie beim Fußballspieler, bekommt er eins gegen das Schienbein, zuckt er kurz und spielt weiter.

Ich war froh, dass mein erster Ausflug in den traditionellen Jazz nach schlappen zehn Minuten beendet war. Die Band lobte meinen Einsatz und bedankte sich bei mir. Ich reagierte eher zurückhaltend. Das, was ich da fabriziert hatte – wahrlich nicht bühnenreif.

Gereift hingegen meine Blase.

Abgesehen vom leichten Brennen störte die kleine Ausbuchtung am Zeigefinger.

Ein Fremdkörper, der eliminiert werden musste.

Nadel. Stich in die Blase. Alles läuft raus. Druckabbau – meine ersten Überlegungen.

Nähzeug hatte ich nicht dabei, auch keine Nadel. Da fiel mir ein, irgendwo müsste ein »Anstecker« liegen. Ich fand das Teil und bog den nadelähnlichen Draht der Rückseite nach außen.

Der Stich in die Blase löste ein heftiges Zucken aus. Eine weiße, gelbliche Flüssigkeit quoll hervor. Den Rest quetschte ich mit Daumen und Zeigefinger der linken Hand heraus. Der Flüssigkeitsstrom versiegte.

Kein Gedanke darüber, ob das medizinisch oder gar hygienisch in Ordnung sei. Hauptsache, der Finger war entlastet. Damit sich nichts infizierte, bestellte ich einen Wodka und tauchte den von der Blase befreiten Finger hinein. Den kurzen Schmerz betäubte ich mit dem Wodka-Rest, den ich trank.

Erstarren Sie jetzt nicht vor Ekel.

Besondere Situationen verlangen ungewöhnliche Maßnahmen.

Meine Blasen-Heilmethode hat sich übrigens bewährt. Je nach Übungsgrad entstandene Blasen reparierte ich immer mit meiner »Nadeltechnik«.

Inzwischen hat sich eine Hornhaut gebildet und das ist der beste Schutz gegen Blasenbildung beim Spielen auf dem Bass.

Einige Kontrabassisten ziehen zur Blasenvorbeugung einen Handschuh über die linke Hand oder kleben Pflaster über Zeige-, Mittelfinger und Daumen, um das Blasendrama zu vermeiden.
Ich hab das nie gemacht.

Sie fragen: »Was hat der Daumen damit zu tun?«
Er ist eine Art Stütze für die rechte Hand und scheuert seitlich gegen das Griffbrett. Als Dank dafür bekommt er auch eine Blase.

Von der Blase zum Blasen passt gerade so schön – sorry. Eines Tages bekamen wir eine Einladung für eine Parade. Nicht etwa für die »Bourbon Street«, ich war ohnehin nicht West-würdig, sondern für eine Straße in der Hauptstadt. Das 750-jährige Stadtjubiläum sollte gebührend gefeiert werden.
Wenn möglich, weltoffen.
Warum also nicht Dixieland?
Der war bei den Leuten beliebt und straßentauglich.
So 'ne Art New Orleans am Alex.
Dafür wurden alle spielfähigen Dixielandbands der Stadt verpflichtet. Wir fanden das toll. Nicht zuletzt wegen der Gage, die recht ordentlich war.

Andererseits, mit einem Kontrabass durch die Straßen ziehen, konnte ich mir nicht vorstellen.
Absagen oder auf Tuba umsteigen?
Tuba passt hervorragend zu einer Dixielandparade.
Ich stieg um. Vom Zupfen zum Blasen.

Schon länger spielte ich mit dem Gedanken, den Kontrabass gegen eine Tuba auszutauschen. Die ist für Straßenauftritte viel praktischer und robuster.

Es gelang mir, einem Bassisten, der eines seiner tief tönenden Blechblasinstrumente angeboten hatte, einen guten Preis zu machen. Dadurch wurde ich Besitzer einer Es-Tuba der Marke »Amati«.

Bitte nicht verwechseln mit der »Amati«. Die ist aus Holz, eine unbezahlbare Seltenheit unter den Streichinstrumenten, und kommt aus Cremona. Meine »Amati« ist aus Blech und stammt aus Hradec Králové.

Glücklicherweise besaß ich noch das kleine Büchlein »Mein Blechblasinstrument«. Ein Überbleibsel aus meiner Zeit als Tenorhornbläser im Posaunenchor der Kirchgemeinde meiner Geburtsstadt. Tenorhorn und Tuba sind klanglich und größenmäßig unterschiedlich, von der Handhabung liegen sie dicht beieinander. Beide sind aus Blech, haben ein ähnliches Mundstück, vier Ventile und Drücker. Ich drückte mir anhand der Grifftabelle aus meinem Büchlein die wichtigsten Töne für die anstehende Parade einigermaßen drauf und übte, bis die Lippen dick wurden.

Dann war es so weit. Probe im Saal 1 des DDR-Rundfunks. Etwas verdutzt checkten wir die Noten. Keine Dixielandstandards wie erwartet, sondern zeitgemäße Jugendlieder. Die Obrigkeit hätte das so gewollt, hieß es. Egal, für mich war es ohnehin nur ein musikalisches Abenteuer mit einer Tuba.

Kurz bevor wir loslegten, verließ ein Trompeter den Saal. Mein damaliger Bandchef rannte ihm hinterher und fragte, warum er nicht mitspielen wolle.

Seine Antwort: »Dieses FDJ-Zeug spiele ich nicht.«

Eine Flucht ohne Folgen. Sie fiel auch niemandem auf, blieben ja noch ausreichend Trompeter im Saal sitzen.

Die »angejazzten« Jugendlieder dröhnten durch den Raum. Es wurde mitgeschnitten.

Zur Erinnerung nahmen wir an, denn solch eine Ansammlung von Oldtime-Bands würde es sicherlich nicht noch einmal geben. Die Aufzeichnung hatte einen viel tiefgreifenderen Grund. Die Dixielandparade sollte als Playback stattfinden.

Hundert Musiker marschieren die Straße entlang und tun nur so, als ob sie spielen?

Alle schüttelten den Kopf und fügten sich wortlos dem Ansinnen. Die »jazzigen« Jugendlieder waren nach drei Stunden konserviert.

Am Tag der Parade bekamen wir die Order:

»›Bau auf, Bau auf‹ wird gespielt. Das Playback startet, sobald die Tribüne erreicht ist. Aus Sicherheitsgründen nicht live spielen, jedenfalls nicht vor der Tribüne!«

»Sicherheitsgründe?«

»Was für Sicherheitsgründe?«

Keine plausible Erklärung von offizieller Seite.

»Bau auf, Bau auf« mit falschen Tönen wäre garantiert als »Systemkritik« verstanden worden und hätte fatale Konsequenzen ausgelöst. »Sicherheit« sei Dank!

Auf dem Marsch zur »Tribüne der Macht« spielten wir unser Repertoire vom »Royal Garden Blues« bis zur »Bourbon Street Parade«.

Die Zuschauer am Straßenrand bekamen, ohne es zu ahnen, zwei Jahre vor der Reisemöglichkeit zum Original einen Vorgeschmack auf New Orleans.

IX
»Things Ain't What They Used to Be«

Schluss mit Basteleien und Mangelwirtschaft.
Es wendete sich zum Technik-Schlaraffenland.
Ich sparte jede Westmark. Keine Pornos und Bananen fürs Begrüßungsgeld, kein Mallorca, keine Malediven, kein Nutella, auch kein Nesquik. Höchstens mal 'ne Büchse »Danske Club«-Tabak.

Meine Kaufsehnsucht hieß: »Gallien-Krueger«, der galt als der »Mercedes« unter den kompakten Bassverstärkern. Hundert Watt Leistung, Zwölf-Zoll-Lautsprecher, 40 mal 35 mal 22 cm groß, elf Kilogramm, Blechgehäuse.

Als ich achthundert Westmark zusammenhatte, erfüllte sich mein Wunsch: Ein »Gallien-Krüger« aus Ibbenbüren vereinte sich mit einem »Rubner« aus Markneukirchen!
Was für ein Erlebnis!
Die Blechkiste klang kernig und ließ sich bequem tragen.

Wie ich Jahre später feststellte, auch Reparaturen waren unproblematisch. Es kam die Zeit, als mein Bassklang durch Nebengeräusche gestört wurde.
Eine Qual, nicht nur für meine Ohren.
Mal reinschauen, vielleicht finde ich das Übel?
Kaum gedacht, begann ich alle Schrauben zu lösen.
Die Kiste fiel in zwei Teile auseinander.
Ist das etwa der Verstärker?

Derartig klein und flach. Unglaublich!, ich war baff.
Darunter Teil zwei.
Eine Blechumhüllung mit Lautsprecher. Das Elend sprang mich förmlich an. Die Lautsprechermembran war an mehreren Stellen zerfetzt. Kein Wunder, dass meine Ohren rebelliert hatten. Online bestellte ich den neuen Lautsprecher. So schön eine kompakte Bauweise ist, so fummelig Aus- und Einbau.
Nach drei Stunden – Funktionsprobe.
Alles perfetto. Es klang wie einst im Mai.

Technisch und monetär hatte sich alles geändert. War davor finanziell alles geregelt, wehte von Stund an der »harte Kapitalismus« über die Saiten.

Aus den festgeschriebenen Gagen wurden Vereinbarungen. Du konntest nicht mehr auf deine Einstufung pochen und warst vom Wohl und Wehe der Veranstalter abhängig. Als Ostmusiker hattest du eine politische und musikalische Prüfung abgelegt, bekamst deine Pappe, das war die landläufige Umschreibung der Einstufungsbestätigung, und durftest damit von Zingst bis Zittau auftreten. Ob der Laden leer oder ausverkauft war, spielte keine Rolle, die ausgewiesene Gage musste gezahlt werden. Die Fahrtkosten gab's extra.

Meine erste Begegnung mit einem Westhonorar hatte ich zwei Monate nach dem Mauerloch. Ich spielte in einer Art Bar. Mit Lada, Wartburg und Anhänger ging's gen Westen. Erste Überraschung: keine Parkplätze. Ausladen, Parkplatz suchen, danach aufbauen.

Zweite Überraschung: In der Bar wurde noch geputzt.
Es war bereits 20 Uhr.
In einer Stunde der geplante Auftritt. Vom Bar-Inhaber bekamen wir freundliche Willkommensworte. Er war begeistert, dass jetzt Ostmusiker im Westen spielen:
»Gegen 22 Uhr, wenn der Laden voll ist, könnt ihr loslegen.«

Mein Gefühl, dass wir hier eher als Exoten und nicht als Musiker betrachtet wurden, fing sich an aufzubauen.
Kurz nach zehn, der Laden knackend voll.
Frauen, schick, elegant, eingehüllt in atemberaubende Duftwolken, erregten mein Interesse.
Gesichter, die ich aus dem Fernsehen kannte.

Das war schon etwas anderes, als in einem in die Jahre gekommenen Kulturhaus zu spielen. Eine gewisse Freundlichkeit uns gegenüber spürbar.
Nach den ersten Titeln Begeisterung wie nach einem kleinen Lottogewinn.
Das rührte mich an. Ich als »Ost-Dixielander« erzeugte beim Westpublikum mit amerikanischen Jazzstandards Beifallsstürme.
Es blieb natürlich nicht aus, dass wir mit Fragen belagert wurden:
»Wieso durftet ihr im Osten Jazz spielen?«
»Gab es Repressalien?«
»Wie oft habt ihr gespielt?«
»Wie war das mit der Bezahlung?«
Als Bassspieler musste ich nicht antworten.

Der Bandchef übernahm das. Nicht nur er, auch meine Kollegen erzählten und erzählten.
Mein Interesse galt den Schönheiten des Abends.
Entweder wollte ich damals das aufkommende »Bananenzeitalter« noch nicht ernst nehmen oder meine bescheidenen Schulkenntnisse aus der marxschen Lehre erlaubten nur einen vorsichtigen Blick in die Zukunft.
Mein erster Eindruck manifestierte sich.
Wir waren wie »Affen im Zoo«, die bestaunt wurden. Trotzdem gefiel mir die Atmosphäre in diesem Nobelschuppen. Für Eleganz und guten Geschmack hatte ich immer schon etwas übrig. Eine geballte Ladung davon erlebte ich an diesem Abend.

Die dritte Überraschung gab es nach unserem Auftritt.
Es war 5 Uhr morgens.
Wir begannen einzupacken.
Während ich meine Gerätschaften abräumte, trommelte der Bandchef die Band zusammen und drückte jedem fünfzig Westmark in die Hände.
Die enttäuschten Gesichter versuchte ich mit der Umrechnung in Ostmark aufzuhellen.
Die theoretischen »dreihundert Ostmark« erhellten nicht.
Ich war zufrieden und verbuchte die Summe auf meinem »Gallien-Krueger«-Sparkonto.

X
»East Side West Side«

Wussten Sie, dass im Kontrabass »sexuelle Botschaften« versteckt sind?
Oben befindet sich die Schnecke, in der Mitte sind die F-Löcher und unten steckt der Stachel. Das alles in einem Korpus, der den Rundungen einer Frau mit gebärfreudigem Becken sehr nahe kommt.

Der »Erfinder des Kontrabasses« musste geahnt haben, dass eines Tages jedes Wort auf dem Prüfstand der Sprachkritikaster landen würde. Er bastelte ein Instrument, das sexistischen Anspielungen Paroli bietet.
Vom Genus ist der Kontrabass männlich.
Von der Form her weiblich.
Die Einzelteile bieten allen etwas.
Genau genommen ist der Kontrabass »zwittrig«.

Der Kontrabass, das vielleicht einzige »diverse Instrument«?
Nicht ganz. Der Artikel stört noch. Würde dieser durch einen Doppelpunkt, ein Sternchen oder was auch immer ersetzt, dann wäre auch das letzte diskriminierende Element beseitigt.
Bliebe nur noch, wie »Kontrabass« gesprochen werden könnte.
Social-Media-Foren liefern garantiert eine Lösung, obwohl da nur geschrieben wird.

Wie kompliziert das heute mit der Gleichberechtigung geworden ist, las ich unlängst in einem Artikel. Da stellte jemand fest, das Klavier sei »sexistisch«, weil die Tasten nicht den Händen von Frauen entsprächen.
Die sollen, laut statischen Untersuchungen, 18–20 Prozent kleiner sein als die der Männer.
Ob Instrumentenbauer diesen »Sexismus«-Vorwurf beherzigen und endlich Klaviere herstellen, die den Frauenhänden angemessen sind?

Ich wäre begeistert, wenn dann auf Bühnen ein Frauenklavier mit kleineren Tasten und ein Klavier für Männer mit den üblichen Tasten rumsteht. Die Klavierbauer bekämen neue Aufträge und Sprachkritiker hätten ein Problem weniger. Nicht ganz, im Klavier steckt noch mehr Diskussionsbedarf.
Warum besteht eine Oktave aus sieben »weißen« und nur fünf »schwarzen« Tasten?
Ich weiß, beim Cembalo ist das umgekehrt. Doch wann kommt dieses Instrument schon mal zum Einsatz?

Beim Kontrabass spielen Farben und Größe keine Rolle. Sind die Finger zu kurz, hilft ein Achtel-, Viertel- oder halber Bass. Allerdings ist der Klang nicht sehr voluminös und von der Optik eher was für Kinder.
Der Erwachsene spielt einen Dreiviertelbass, so wie ich. Wenige greifen auch zum ganzen Bass und das kommt so selten vor wie das Cembalo.

Es ist schon ein beruhigendes Gefühl, dass der Kontrabass das Leben in all seinen Schattierungen abbildet.

Schauen Sie sich die Basssaiten doch an!
»G« steht für Geld und Geduld,
»D« für Disziplin und Demut,
»A« für Arbeit und Alltag,
»E« für Erotik und Erektion.
Beim Fünfsaiter kommt noch die H- oder die C-Saite hinzu. »Hoffnung« oder »Charisma«, meinetwegen auch »Charme«.
Ich spiele nur einen Viersaiter, Charisma, Charme und Hoffnung stecken auch in mir.

Gehofft hatte ich, dass zwei Jahre nach der Playback-Parade zur 750-Jahre-Jubelfeier Clubs und sonstige Lokalitäten die Türen aufreißen würden, um die »Ostler« aufspielen zu lassen.

Ein kleiner Spalt öffnete sich. Nach dem Auftritt in der Promibar reisten wir durch die alten Bundesländer, sogar bis Holland, und wurden als Bezwinger des »Eisernen Vorhangs« umjubelt. Die neuen Muggen ergänzten nicht die Auftritte aus der vergangenen Zeit. Viele Spielorte eliminiert. Die, die sich noch für Oldtime-Jazz interessierten, lechzten nach Bands aus dem Westen. Alles hatte sich geändert. Das Wechselspiel von Angebot und Nachfrage hinterließ erste Spuren. Im Kalender nur wenige Termine. Das Interesse an unserer Musik nahm ebenso ab wie der Ost-Bonus.
Wir wurden eine von vielen Bands.
Unterschiede zwischen dem neuen Publikum und denen, die die uns kannten, gab es nicht.

Es war völlig nebensächlich, aus welchem Landstrich das Publikum kam. Triffst du mit deiner Musik den Nerv der Zuhörer und zeigst eine ordentliche Leistung, gibt es keinen Unterschied zwischen Ost-, Nord-, Süd- oder Westbeifall.

Aus der Muggen-Not heraus suchten wir neue Spielstätten. Durch eine familiäre Verbindung fanden wir eine kleine Kneipe und veranstalteten dort regelmäßig an einem Sonntag im Monat Frühschoppen.

Die Kneipe, in die Jahre gekommen, strahlte jenes uns vertraute Flair aus.

Farblich passte nichts zusammen.

Das Mobiliar schon etwas angeranzt.

Wachstuch auf den Tischen.

Bockwurst mit Brot und Senf.

Es sprach sich schnell herum, dass es in dieser Lokalität regelmäßig Dixieland geben werde. Unsere Eigeninitiative zahlte sich aus. Zumindest, was die Besucher anging, finanziell nicht. Bereits am ersten Sonntag kamen auch Bürger aus dem Westen.

Großes Erstaunen. Der Reiz des Unbekannten vereinte. Überschwänglich nahmen die Westgäste unsere Musik an und brachten immer mehr Bekannte und Freunde mit. Eine »Fanin« musterte besonders eindringlich den Bass und seinen Spieler. Als sich unsere Blicke trafen, spürte ich, wie sich eine Brücke zwischen (Ost)Mann und (West)Frau aufbaute. Im Hochgefühl meines Brückenbaus sprach ich die »Fanin« an.

Vereinigung auf kleinster Ebene.
Eine leidenschaftliche Zeit begann.
Dass sie verheiratet war, erfuhr ich erst später.
An unserer Beziehung änderte das nichts.
Ich lernte die andere Seite kennen.
Meine Herkunft, unwichtig.
Ich sah nicht aus wie einer, der eingemauert sein Leben gefristet hatte. Spannend wurde es bei einer Einladung.

Die »Fanin« schleppte mich mit zu einem Essen im Freundeskreis. Wie es so meine Art ist, nahm ich schweigend an den Gesprächen teil. Alles drehte sich um den demontierten Schutzwall. Das Bedauern, wie furchtbar es denn gewesen sein musste, drüben gelebt zu haben, bestimmte die Rederei. In dieser Runde gab es einen lautstarken Vielquassler. Wortreich schwadronierte er mit seinem Halbwissen von Stasi bis Banane. Als ich mich einmischte und anmerkte, dass wir auch mit Messer und Gabel gegessen hätten und der Strom aus der Steckdose gekommen war, verstummte das Gespräch. Spätestens da wurde jedem klar, ich bin einer von »drüben«. Aufklären wollte ich nicht und Klischees ausheben auch nicht. Mir ging diese Ost-West-Quatscherei ohnehin auf die Nüsse.
Rechtfertigen wegen meiner »Systemtreue«?
Entweder du sagst »Ja« oder du lebst mit einem »Nein«. Im Nachhinein den Konjunktiv in Spiel zu bringen, war und ist mir ein Gräuel – müsste, hätte, könnte …
Entweder machst du etwas oder hältst die Schnauze.

Meine Besteck-und-Strom-Anmerkungen in der abendlichen Runde untermauerte ich mit einem Bekenntnis zu meiner Dixieland-Vergangenheit:
 »Amerikanische, westliche Musik im Osten.«
War das kein »Widerstand« gegen das System?
Meine »Fanin« küsste mich demonstrativ.
Nicht nur dafür liebe ich die Musik.
Sie verbindet und ist grundehrlich.

Es spielt keine Rolle, wo einer herkommt und wie er aussieht. Eine »große Terz« ist auf der ganzen Welt eine »große Terz«, und die muss jeder beherrschen, der Musik macht. Packt er das nicht, muss eine Kritik, ungeachtet von Herkunft und Aussehen, erlaubt sein.

Derzeit frage ich mich, ob ich als Europäer überhaupt noch Dixieland spielen darf. Ist das nicht Musik aus einem völlig anderen Kulturkreis?

Wenn »Dreadlocks« für Auftrittsabsagen sorgen und Reggaemusiker, die nicht in Jamaika geboren sind, ihre Musik aufgeben, dann ist das fast wie in meiner Jugend. Da führten lange Haare auch zu abschneidenden Maßnahmen und die »Beatmusik« wurde manchmal sogar verboten. Geschichte wiederholt sich.

Ich hab noch gelernt, Musik ist Politik. Stimmt, wenn einem die entsprechende Begründung einfällt, dann lässt sich manches »systemkonform« hinbiegen. Beim Dixieland und Blues hieß die Rechtfertigung Afroamerikaner, Unterdrückung, Sklaverei, Arbeiterklasse.

Mit diesen Schlagwörtern konfrontiert, nickte die damalige Administration ab. Nicht immer, gelegentlich schon. Müsste ich heute rechtfertigen, warum ich »Dreadlocks« trage und Reggae spiele, würde ich mit ein paar Phrasen nicht sehr weit kommen.
So gesehen war es vor »89« einfacher.

Denken Sie jetzt nicht, der heult der alten Zeit nach. Ich heule nicht. Ich schaue mit einem Lächeln zurück und mit der Gelassenheit des Alters auf meine Restlaufzeit.

Wenn du unbedingt Musik machen willst, dann musst du dich den Gegebenheiten anpassen oder du verziehst dich in dein Kämmerlein und gibst dich der musikalischen Selbstbefriedigung hin. Die ist auf Dauer genauso langweilig wie Sex ohne Frauen. Vorausgesetzt, du bist hetero.

Als Kontrabassspieler machst du dir schon deine Gedanken, wie alles zusammenhängt und wie es weitergeht. Schließlich gehören die Bassspieler auch zu den »Diskriminierten«.

Finden Sie das richtig, dass der Bassspieler nie ganz vorn platziert wird? Wenn in der Auflistung der Musiker der Bassist an die letzte Stelle rutscht?
Im Sinfonieorchester ist das noch viel schlimmer. Er wird an den Rand gedrängt oder ganz nach hinten verfrachtet. Es ist an der Zeit, dass sich alle Bassspieler mit ihrem Instrument an den vorderen Bühnenrand kleben und damit gegen ihre Benachteiligung protestieren!

Macht aber keiner.
Wer will denn schon sein Instrument mit Sekundenkleber verschandeln?
Eine Hand übersteht diese Prozedur.
Sie regeneriert sich von selbst und das kostet nichts.
Kleber und Lösungsmittel am Bass dagegen werden ein Fall für den Instrumentenbauer und der ist teuer.

XI
»When You're Smiling«

Die Aushilfe in der Disco hatte noch ein Nachspiel. Während besagter Veranstaltung kam der Bandchef zu mir und fragte, ob ich Lust und Zeit hätte, eine Probe mitzumachen, der Bassist wolle nämlich aussteigen, ich müsse mich schnell entscheiden. Mit dem Verweis auf anstehende Konzerte und die Teilnahme an einem Festival hatte er mich an der Angel.

Wie hätten Sie sich entschieden?
Meine Zusage stand sofort fest. Bei diesem Angebot wäre ich doch töricht gewesen, nicht »Ja« zu sagen. Darüber, wie ich Studium, Freundin und die anderen Tagespflichten mit dem »Jazzen« unter einen Hut bekomme, machte ich mir keinen Kopf. Im Hochgefühl eines bevorstehenden Bandeinstiegs verschwanden alle Bedenken. Natürlich war mir klar, ohne Üben wird das nichts. So beruhigend die alte Musikerweisheit ist:

»Wer übt, fällt seinen Kollegen in den Rücken.«
Etwas Ehrgeiz schlummerte schon in mir.

Dann war es so weit, ich schleppte meinen Bass zur ersten Probe. Freudig erwartet, bekam ich einen Pack Noten. Die Probe begann.

Ungeachtet des kürzlich von der Blase befreiten Fingers zupfte ich, was die Saiten hergaben. So schlecht musste es nicht gewesen sein. Mein Bandeinstand löste wohlwollende Zustimmung aus.

Ein gutes Gefühl, Mitglied einer renommierten Oldtime-Jazzband zu sein. Nachteil – üben, üben, üben.
Das war nicht die einzige Misere.

Am darauffolgenden Wochenende der erste Auftritt und ich hatte keinen Verstärker. Schnell mal etwas kaufen, unmöglich. Im volkseigenen Einzelhandel gab es keinen Verstärker für einen Kontrabass. Vielleicht konnte ich über einen befreundeten Musiker etwas auftreiben? Hatte er doch beste Kontakte, um an Technik aus dem Westen heranzukommen. Dieses Vorhaben hemmte das simple Verhältnis »eins zu sechs«.

Wenn du etwas haben wolltest, was im Geschäft von nebenan nicht zu bekommen war, ging das nur über Beziehungen, die Westmark oder Onkel und Tante aus Köln. Letzteres hatte ich nicht. Blieb nur, Ostmark in Westmark »umzurubeln«.

Ich mach das mal an einem Beispiel deutlich. Als Pfeifenraucher konntest du 50 Gramm einer einzigen Tabaksorte mit einem Hauch vanilliger Cavendish-Note für sieben Ostmark kaufen. Im Intershop dagegen lagen dutzende unterschiedliche Tabaksorten in 100-Gramm-Büchsen für 3,50 DM im Schaufenster.
Klappte das mit dem Anzapfen einer Westmark-Quelle, kostete die Büchse Tabak bei einem Tauschkurs von »eins zu sechs« 21 Ostmark.
Wissen Sie, was ich heute für 100 Gramm Tabak bezahle?
21 Euro – es hat sich nichts geändert.
Rein numerisch betrachtet.

Ich weiß, das Rauchen ist nicht mehr gesellschaftsfähig und das Image der Pfeifenraucher verblasst.

Lernst du heute eine Frau kennen, dann hast du als Raucher ganz schlechte Karten. Und Kellnerinnen, die im Freien schnell eine Zigarette durchziehen, sind so rar wie kostenfreie Parkplätze in der Innenstadt.

Einen Effekt löst Pfeife rauchen nach wie vor aus, und der kommt vom Geruch. Er schlägt den Qualm von Zigaretten oder Zigarren um Längen. Lädt mich eine Frau zu sich nach Hause ein, dann rauche ich natürlich nicht, und vor die Tür gehen, um eine zu paffen, wäre Frevel an der Pfeife. Ermuntert dich im Laufe des Abends die nichtrauchende Frau, doch mal eine Pfeife anzuzünden, schaffst du eine bleibende Erinnerung. Pfeifentabak hinterlässt in Wohnungen einen Duft, der Frauen verzückt.

Wieso bin ich jetzt aufs Rauchen gekommen?
Ah ja, Ausgangspunkt waren Westgeld und der Bassverstärker.
Neuanschaffung – Fehlanzeige.
Blieb nur mein alter »MV3« aus der alten »Beatzeit«. Den hatte ich in weiser Voraussicht im Keller gelagert. Eine Bassgitarre anschließen, Klinke rein, einschalten, loslegen ging nicht. Mein Kontrabass, die pure Natur. Da war nix, was man hätte anschließen können.
Wie bringe ich den Kontrabasston in den Verstärker?
Einen richtigen Tonabnehmer kaufen, aussichtslos. Griff in die Werkzeugkiste. Darin lagen viele Utensilien aus meiner Drei-Gitarren-und-Schlagzeug-Zeit.

Ich fand einen »Rellog-Tonabnehmer«. Doch der war eher für Gitarren geeignet.

Saiten sind Saiten, warum sollte der »Rellog« nicht kontrabasstauglich sein?

Die Bastelei begann. Irgendwie musste das Teil unter die Saiten. Ich nahm einen Bohrer und verpasste dem Griffbrett meines »Rubner«-Basses vier Löcher. Noch heute stehen mir die Haare zu Berge, wenn ich mir das verhunzte Griffbrett anschaue.

Ein »Rubner«-Bass ist kein 08/15-Instrument. »Rubner« gehört zu den besseren Marken unter den Kontrabässen und ist wahrlich kein Schnäppchen. Die vier Löcher hatten meinen »Rubner« entwertet. Der Zweck heiligt bekanntlich die Mittel, und wenn davon eine Mugge abhängig ist, umso mehr.

Ich schraubte den Tonabnehmer unter das Griffbrett und stellte die Verbindung zum Verstärker her. Das Ergebnis – ätzend. Es klirrte und schepperte und klang nur nicht nach Kontrabass. Nach stundenlangem Experimentieren die Ernüchterung. Der Klang blieb beschissen. Mit großem Zweifel ob meines Basssounds fuhr ich dann zum Auftritt mit der neuen Band.

Es war eine Veranstaltung in einem Kulturhaus – ausverkauft, drei Bands. Jede Band durfte zunächst 45 Minuten Konzert spielen und dann, wenn alle ihren Konzertblock erledigt hatten, noch 45 Minuten zum Tanz. Mich interessierten diese organisatorischen Dinge kaum.

Als Neuling war für mich das Drumherum Nebensache. Ich musste erst mal meinen Bass zum Klingen bringen. Eine Katastrophe.
Aus meiner »MV3-Box« schepperte es unerträglich. So konnte ich nicht spielen. Der Bassist einer anderen Band, der einen Westverstärker aufgebaut und einen Bass mit einem Westtonabnehmer auf die Bühne gestellt hatte, musterte mitleidig meine »Rellog-MV3-Kombination«.
»Probleme?«, unterbrach er meine Fummelei am Sound. Ich nickte gestresst.
»Du kannst mit meinem Bass spielen«, bot er mir an.
Erleichtert griff ich zum Instrument.
Der Bass spielte sich ganz leicht.
Der Klang, so richtig »kontrabassig«.

Wie das so unter Bassspielern manchmal üblich ist, probierte er auch meinen Bass aus. Nach kurzem Anspiel stellte er ihn wieder ab und meinte:
»Du musst den Steg ändern, die Saiten liegen viel zu hoch über dem Griffbrett.«

Endlich hatte ich die Erklärung dafür, warum ich so viel Kraft beim Spielen aufwenden musste, um die Saiten niederzudrücken.

Der Abend mit dem fremden Bass verlief erstaunlich gut. Meine Band bekam viel Beifall und ich hatte mich nicht blamiert. Nahezu begeistert empfand ich die Tanzerei. Damals war es mir völlig fremd, dass zum Dixieland getanzt wurde.

Es sah putzig aus, wie die älteren Leute, ich war damals Mitte zwanzig, mit beherzten Schrittfolgen über die Tanzfläche fegten.

Noch etwas war neu für mich, die Biermarken.
Jeder Musiker bekam kostenfrei ein halbes Dutzend kleiner Zettelchen in die Hand gedrückt und konnte diese gegen ein Bier oder ein anderes Getränk eintauschen.
Für Sekt, Kaffee, Spirituosen musste man zwei Marken auf den Tresen legen.

II
»Nobody Knows You When You're Down and Out«

Nach einem halben Jahr in der neuen Band – Tage bei einem berühmten, damals jedenfalls, Dixielandfestival. Für mich etwas ganz Besonderes.
Fernsehübertragung, Rundfunkmitschnitt, Hotelübernachtung. Rückkehr in die Stadt meines Zwei-Semester-Kontrabass-Studiums. Mit großer Vorfreude fuhr ich in die Stadt an der Elbe.

Als ich die ersten Bands hörte, schwand meine Euphorie. Das, was da von Bands aus Hamburg, Dänemark, der Schweiz und England von der Bühne herunterkam, dämpfte meine Spiellust. Ich als unerfahrener Amateur-Bassspieler im Vergleich zu den Bassprofis, chancenlos. Mehr oder weniger versuchte ich, mit der Situation klarzukommen. Mit einem Hauch Naivität und Unbekümmertheit baute sich doch leichte Hoffnung auf, der Herausforderung zu trotzen.
Wären da nicht die neuen Titel gewesen.

Nicht nur damals erlebte ich dieses Phänomen. Gab es ein besonderes Konzert, mussten unbedingt neue Titel ins Programm. Das ist wie mit den Schuhen, die unbedingt neu sein müssen, weil irgendeine Festivität ansteht. Nach wenigen Schritten drücken sie und du bist froh, wenn sie wieder in den Schuhschrank fliegen.

Bei einer Probe zur Vorbereitung auf das Festival schleppte der Bandchef neue Titel an.

»Wir können nicht immer das Gleiche spielen. Wir müssen zeigen, was wir können« – seine Begründung. Schwachsinn.
Mit dem »Zeigen-was-wir-Können« war das so eine Sache. Die neuen Titel, gespickt mit musikalischen Finessen, erforderten viele Proben. Die Zeit dafür war natürlich nicht vorhanden. Blieb nur bangen, dass es gut gehen möge. Statt auf eingespieltes Repertoire zurückzugreifen, mussten es immer neue, möglichst komplizierte Titel sein. Warum Amateurbands diesem Zwang unterlegen sind, konnte ich mir nie erklären. Für mich war klar, geht das schief, verschwinden die neuen Stücke auf Nimmerwiedersehen im Notenschrank.

Ungeachtet dessen hatte ich noch mit meiner fehlenden Spielpraxis zu kämpfen. Üben im häuslichen Kämmerlein schaffte dafür nur bedingt Abhilfe. Um mich innerlich auf die Auftritte vorzubereiten, nahm ich mir vor, bei jeder Session mitzuspielen. Das war ganz witzig. In dem Hotel, in dem wir während des Festivals nächtigten, fanden sich jede Nacht Musiker zum munteren Biertrinken und Musizieren in der Hotelhalle ein. Die Chance für mich, um schnell noch etwas Sicherheit zu sammeln. Alkohol war ohnehin nicht meins, um das Spielen ging es mir. Deshalb versuchte ich mich bei dem einen oder anderen Titel einzuklinken, erkannte aber sofort, meine Titelkenntnisse sind miserabel. Als zum Beispiel »St. James Infirmery« aufgerufen wurde, schaute ich hilflos in die Runde.

Das Stück kannte ich nicht. Meine Frage: »In welcher Tonart?«, ging im Einzählen unter. Durchwursteln und so tun als ob. Blamabel, meine Unkenntnis und mein Bassspiel. Meine Spielfreude erhielt einen wuchtigen Dämpfer. Mit diesem unschönen Gefühl verließ ich die nächtliche Hotelsession.

Eine Festivalteilnahme wird durch einen straffen Zeitplan diktiert. Soundchecks, verschiedene Spielorte, Abendkonzerte und Sessions überall, wo Musikanten waren. Der damit verbundene Stress prallte an mir ab. Gegen 3 Uhr morgens ins Bett und um 7 wieder auf der Matte zu stehen, für mich kein Problem. Während des Frühstücks kurze Bandbesprechung. Ab in den Bus zum ersten Auftritt des Tages.

Der konnte sehr gefährlich werden, wenn es zu einem Konzert in die Brauerei ging, die das Festival unterstützte. Damals sprach noch niemand vom Sponsoring.

Mein erstes Konzert bei diesem Biersponsor begann, wie zu erwarten, mit Bier. Noch bevor die Instrumente ausgepackt waren, landete der erste Kasten auf dem Tisch. Bier und Dixieland gehörten offensichtlich zusammen wie heute Autofahren und schlechtes Gewissen.

Ich habe mich immer gefragt, warum das so ist. Nachvollziehen konnte ich das nie. Als Kontrabassspieler hast du immer ein Transportproblem. Der Führerschein ist genauso wichtig wie die vier Saiten am Bass. Ohne eigenes Auto, in das mein Instrument hineinpasst, geht gar nichts.

Ich fuhr damals einen grünen »Trabant Kombi«, und da ließ sich der Bass samt Verstärker gut verstauen.

Sie werden jetzt lachen, ich kannte einen Kontrabassisten, der schaffte es sogar, sein Instrument in einem »Smart« zu verstauen. Nur in der ersten Bauserie war das möglich. Spätere Versionen sollten nicht mehr kontrabassfreundlich gewesen sein.

Fühlst du dich dem Kontrabass verpflichtet, kommst du ohne ein gewisses Talent, wie man auf wenig Raum viel unterbekommt, nicht aus.

Mein Respekt vor Alkoholkontrollen war groß. Das und die Kindheitserinnerungen – meine Eltern hatten eine Gaststätte – sorgten für eine Distanz zum Bier. Die Ablehnung gegen Bier und andere Alkoholitäten während und vor einer Veranstaltung führten manchmal zu heftigen Auseinandersetzungen.

Ich spielte viele Jahre mit einem Schlagzeuger, der vor dem Aufbau seiner Trommeln und Becken erst mal ein Bier trank. Nach dem Aufbau goss er eins nach. In den Pausen glich er seinen Flüssigkeitsverlust mit einem weiteren aus. Eine Stunde vor Veranstaltungsende genehmigte er sich noch ein Abschiedsbierchen. Er wurde nie erwischt und kam nie führerscheinlos zu Hause an.

Mich regte das damals fürchterlich auf. Meine moralischen Appelle quittierte er immer mit einem Schluck Bier. Als ich einmal während des Spielens bemerkte, dass wir langsamer wurden, schreckte ich auf.

Beim Spielen schneller werden, ist ärgerlich.

Langsamer werden – eine Todsünde. Meiner Nachfrage, warum er das Tempo nicht halten könne, wich er aus. Wie es sich später herausstellte, er hatte Leberzirrhose.

Bläser begründeten die »Bier-Gier« beim Dixieland damit, dass es eine Vorsichtsmaßnahme vor Schäden am Instrument wäre. Cola oder Säfte würden Ventile oder Klappen verkleben. Bier hätte einen Stoff, der die mechanischen Teile schmiert. Meine Entgegnung, man könne doch auch Wasser trinken, wurde mit einer abfälligen Handbewegung und einem Schluck aus dem Bierglas abgeschmettert. Zum Glück benötigt mein Instrument keine Bier-Schmierung. Da muss nur der Bogen geschmiert werden, mit Kolophonium.

Trotz meiner Distanz zum Alkohol war er verantwortlich für die größte Peinlichkeit, die mir je widerfahren ist. Wir hatten an einem Samstag ein Konzert und am Sonntag einen Frühschoppen. Die Nacht verbrachten wir in einem Wohnheim gleich um die Ecke.

Kein Autofahren.

Bühne frei für Schnaps.

»Goldkrone« schwebte über den Abend.

Die Titel flogen nur so übers Griffbrett.

Nach dem Konzert kaufte ich noch eine Flasche als Nachttrunk mit der Band. Die hatten bereits genug und griffen selten zu meinem Weinbrand. Im Hochgefühl der erfolgreichen Mugge leerte ich die Flasche »Goldkrone« fast im Alleingang.

Mir wurde kotzübel.

Im letzten Moment entsorgte ich partiell den Mageninhalt. Beim Frühstück war das kotzige Gefühl noch da. Der Frühschoppen begann. Während des dritten Titels packte mich eine innere Unruhe. Ich stellte den Bass hastig beiseite, rannte durch den Saal und fand nach kurzem Umherirren einen Entsorgungsraum. Beeindruckend, was ein Magen alles fassen kann. Kotzen und Quälen, die Strafe für meine »Goldkrone«-Orgie.

Nach meiner »Speierei« suchte ich Linderung an der frischen Luft. Ich fand eine Bank. Geschwächt setzte ich mich. Der Frühschoppen hatte sich für mich erledigt.

Meine Band nahm mich mit einer Mischung aus Häme und Bedauern wieder auf. Ich entschuldigte mich. Die Peinlichkeit hielt sich in Grenzen.

Zum Glück hatten nur wenige Gäste den Frühschoppen besucht. Deshalb gab es auch kaum Augenzeugen, die mein Elend und einen vorbeirutschenden Zahnersatz über die Tanzfläche beobachten konnten. Mein alkoholbedingter Ausfall war nicht das einzige Vorkommnis an diesem Sonntagvormittag. Dem Saxofonisten war während des Spielens der Zahnersatz aus dem Mund gefallen und im Saal gelandet. Er habe den »Flüchtling« sofort aufgenommen und weitergespielt, so der Bericht meiner Bandkollegen.

Noch heute baut sich in mir ein unbehagliches Gefühl bei »Zahnersatz« und »Goldkrone« auf.

XIII
»Days of Wine and Roses«

Das Konzert beim Biersponsor des Festivals war in jeder Hinsicht berauschend. Etwas angeschlagen zurück in das Hotel. Kurzes »Abruhen« und dann zum nächsten »richtigen« Konzert. Um uns herum ausländische Dixieland-Kapellen. Wir als »Einheimische« durften das Spektakel eröffnen. Die Bühne in eine Art Kellergewölbe verwandelt. Zwei Flügel, zwei Drumsets, Verstärker für Gitarren und Kontrabässe. Alles links und rechts verteilt. Die erste Band sollte rechts spielen, die zweite links und dann wieder Wechsel. Vier Stunden vor Konzertbeginn der Soundcheck.

Das Einstellen der Mikrofone und Herumdoktern am Sound für Bühne und Saal entwickelte sich zu einer mühsamen Angelegenheit. Dem Posaunisten war das Banjo zu leise. Beim Gesang die komplette Band zu laut. Der Schlagzeuger wollte mehr Bass hören. Der Klarinettist nur sich selbst. Dem Banjospieler war alles egal und der Trompeter hätte gern mehr Gesang im Monitor gehabt. Monitorboxen wurden hin und her geschoben. Die Techniker schraubten an ihrem Mischpult.
Ich hörte zu und beobachtete das Geschehen.
Ermüdungserscheinungen kamen auf.
Plötzlich waren alle mit dem Soundcheck-Ergebnis zufrieden. Zurück in die Garderobe.
Die Zeit bis zum Konzertbeginn vertreiben.

Der Bandchef gab noch ein Alkoholverbot aus. Die letzten Biere vom Sponsorenkonzert am Vormittag steckten ohnehin noch in der Blutbahn.

Dann war es so weit. Wir begannen hinter dem Vorhang mit dem Thema von »When It's Sleepy Time Down South«. Der Vorhang öffnete sich. Ein Beifallssturm brach los. Ich sah das Publikum, spürte einen Kloß im Hals und Tränen in den Augen. Ich war überwältigt. Nicht mal ein Orgasmus hätte in diesem Moment mein Gefühl toppen können.

Während des Konzertes stellte ich fest, es klingt ganz anders. Der eingestellte Bühnensound dahin. Kein Wunder, jetzt saß ja Publikum im Raum, und das beeinflusst nun mal den Klang. Theoretisch war mir das von vornherein klar, aber das so direkt zu erleben, überraschte schon.

Dank dieser Erfahrung verabredete ich bei ähnlichen Konzerten mit den Tontechnikern Zeichen. Gesten, die während des Spielens Veränderungen auslösen sollten.

Daumen nach oben – lauter.

Daumen nach unten – leiser.

Zeigen auf die Monitorbox und den jeweiligen Musiker.

Meistens scheiterte das am Blickkontakt mit dem zuständigen »Tonfritzen«. Entweder schaute der nicht zur Bühne oder verstand mein Gestikulieren nicht.

Seinerzeit studierte ich noch. Dadurch waren mir Sound- und Technikfragen nicht unbekannt.

Ich konnte mitreden.

Außerdem setzte ich auf die menschliche Komponente. Gute Atmosphäre zu den Technikern aufbauen, nicht rummeckern, eine Flasche Schnaps neben das Mischpult stellen. Das half nicht immer, um Diskrepanzen zwischen Musiker und Sound zu vermeiden, einen Versuch war es allemal wert.

Bedrohlich wurde es, wenn Techniker noch nie eine Dixielandband beschallt hatten. Kamen sie von der Rockmusik, dann sorgte der Schlagzeug-Soundcheck für den ersten Knatsch.

Die Bassdrum dröhnte.

Die Snare klang peitschenartig.

Die Becken zischten aufdringlich.

Gestandenen Oldtime-Jazzern haute das immer die Ohren weg. Schlagzeug im Dixieland klingt eben nicht so wie im Rock.

Ich habe Musiker erlebt, die lehnten eine Beschallung rigoros ab. Sie wollten wie aus den Zwanzigerjahren klingen. Nur der Gesang durfte verstärkt werden. Dem mag zwar eine gewisse Stiltreue innewohnen, doch das Publikum wollte ein Klavier hören, wenn es sah, dass der Pianist spielte. Von seiner »Mikrofonabstinenz« wussten sie nichts. Die Schuld wurde beim Techniker gesucht. Verärgert schnauzten sie ihn an:

»Hast du keine Ohren, das Klavier ist zu leise.«

Der konnte nur hilflos mit den Schultern zucken und auf den Wunsch des Pianisten verweisen. Das wiederum löste Unverständnis bei den Fragestellern aus.

Soundtechnisch lief es bei meiner Festivalpremiere optimal. Selbst beim Open-Air-Abschlusskonzert in einer Art Amphitheater mit 10 000 Leuten, Begeisterung pur. Ein Dutzend Bands spielten. Ich fieberte unserem Auftritt entgegen. Meine Mitspieler griffen zum Bier. Ich ausnahmsweise zu einem Glas Sekt.

Um mich etwas abzulenken, nahm ich gelegentlich einen Schluck aus dem Kelch, meinen Bass und spielte Fingerübungen. Bei dem Gewusel hinter der Bühne fiel das nicht weiter auf. Dann die Aufforderung eines wichtigen Menschen:

»Ihr seid gleich dran!«

Ich packte mein Instrument, stellte mich an die zugewiesene Stelle, hörte die letzten Töne der Vorband und den aufbrausenden Beifall. Mit einem angespannten Lächeln betrat ich die Bühne.

Das Publikum tobte.

Die Band bereit zum Spielen.

Der Ansager stellte uns vor.

Jeder Name wurde beklatscht, meiner auch.

Titelansage und los.

Das vergisst du nie. 10 000 Leute, die dich mit Standing Ovations feierten, und hübsche Hostessen, die jedem Musiker eine Blume überreichten.

So muss es in Woodstock gewesen sein. Nur mit Regen und Schlamm, ohne Dixieland und ein paar Tausend Zuschauer mehr.

XIV
»Riverboat Shuffle«

Zu den Festivals gehörte immer eine »Riverboat Shuffle«. Wie auf dem Mississippi. Ein Schiff, mehrere Bands, Hunderte Zuhörer. Meine erste »Riverboat Shuffle« fand ich toll. Je öfter ich diese Schiffsfahrten bespielen durfte, desto weniger kam Freude auf.

Einmal war es so richtig ärgerlich. Es geschah während meiner letzten Festivalteilnahme. Planmäßig die obligatorische »Riverboat Shuffle«, diesmal auf einem kleinen Boot. Wir und eine dänische Band spielten auf sehr engem Raum. Während einer Pause nahm sich unser Posaunist seinen Notenordner und ging auf das Oberdeck. In Ruhe wollte er etwas nachschauen. Abgelenkt durch die Frauen, die wir zu diesem Festival mitnehmen durften, legte er seine Noten auf die Reling. Meine damalige Freundin, die ihre Lebhaftigkeit nie unterdrücken konnte, stieß gegen den Ordner und der segelte in die Elbe. Entsetzt sah sie hinterher.
Der Posaunist geriet in Panik.
»Weiber und Muggen. Das bring nur Ärger«, lachte ich.
»Wie witzig!«, der gallige Konter meiner Freundin.

Als ich dann noch anmerkte, sie könne doch hinterherspringen und die Noten retten, war der Tag für uns gelaufen. Meinem verzweifelten Posaunisten rief ich noch zu: »Wie blöd kann man nur sein, die Noten dort hinzulegen.« Das war meine letzte »Riverboat Shuffle«.

Schluss mit Platzproblemen, eintönigem Umherschippern und Bierseligkeit auf engstem Raum. Als Kontrabassspieler hatte ich auf Schiffen oft Platznot. War der »Dampfer« etwas zu klein geraten, musste ich nicht nur musikalisch improvisieren. Den Stachel so weit herauszuziehen, dass die Spielhöhe passte, ließ die niedrige Deckenhöhe nicht zu. Also stellte ich mein Instrument schräg hin und versuchte zu spielen.
Die pure Quälerei.
Ein Baustein für späteren »Rücken«.

Einen Vorteil haben Dampferfahrten mit Musik. Das Publikum kann nicht nach Hause gehen. Es muss die Musik ertragen, bis das Schiff anlegt. Dass einer wegen der Musik ins Wasser springt, ans Ufer schwimmt und durchnässt den Heimweg antritt, habe ich nie erlebt.

Normalerweise sind derlei Fahrten nur etwas für Dixielandliebhaber. Es gibt aber auch Firmen, die ihren Mitarbeitern eine lustige Musik-Kahnfahrt über Flüsse und Seen spendieren. Solch eine »Riverboat Shuffle« dauerte in einem Fall zehn Stunden. Morgens um neun wurde abgelegt und abends um sieben wieder angelegt.
Eine Tortur.

Die ersten beiden Stunden waren noch ganz entspannt. Mit steigendem Alkoholpegel, Rufe nach Schlagern. Die hatten wir nicht drauf. Notgedrungen blieben wir bei »At the Jazzband Ball«, »On the Sunnyside«, »St. Louis Blues« und Co.
Die Sonne strahlte.

Im Unterdeck entwickelte sich eine Diesel-stickige Wärme. Die Firmenbelegschaft verzog sich peu à peu auf das Oberdeck. Wir dudelten ohne Publikum so vor uns hin. Stimmungstief. Der Firmenchef, besorgt um uns und seine Angestellten, kam mit einer grandiosen Idee: »Spielt doch oben. Da ist es nicht doch viel besser als hier unten. Außerdem hören euch da alle.«

Die Bläser nickten zustimmend. Wir Rhythmusleute winkten ab: »Den ganzen Krempel nach oben schleppen? Über die schmale Treppe? Mitten durch die Leute. Da ist doch gar kein Platz.«

»Ich schau mir's an!«, schob der Bandchef meine Bedenken zur Seite und stieg aufs Oberdeck.

Maulend schleppte ich Bass, Notenständer, Verstärker in Richtung Sonne. Das Publikum beklatschte unseren Umzug. An meiner ohnehin strapazierten Laune änderte das Musizieren unter freiem Himmeln und frischer Luft nichts.

Um wenigstens die Gäste aufzumuntern, stiegen wir ein mit »Ice Cream«, dem Allheilmittel im Dixieland, »Route 66«, »Down by the Riverside« und all den anderen vermeintlich bekannten Titeln.

Die Gäste kamen wieder in Fahrt. Nach sechs Stunden Umhergondeln mit Musik zeigten sich erste Ausfallerscheinungen. Sonnenschein, rundherum Wasser und Alkohol sorgten für jenes Rumoren in der Magengegend, das zwischen Übelkeit und Übergeben pendelt.

Wir spielten nur noch gelegentlich.

Unsere Musik hatte ohnehin keinen Einfluss mehr auf das Geschehen an Bord. Ich schaute auf die Uhr und rechnete die Zeit in Minuten um. Noch hundertzwanzig Minuten.
Dieses Umrechnen in Minuten ist eine Marotte von mir. Minuten klingen viel kürzer als Stunden.

Etwas irritiert starrte ich zum Ufer.
Am Morgen hatte alles anders ausgesehen!
Verunsichert fragte ich den Bandchef:
»Wir kommen doch nicht etwa woanders an? Was wird mit unserem Zeug und den Autos?«
Entspannt reagierte er:
»Wir bauen ab. Stellen alles an den Straßenrand. Die Autofahrer nehmen ein Taxi, holen die Autos und laden ein. Das ist doch eine gute Lösung.«
»Und das Taxi zahlen wir?«, setzte ich nach.
Auch das Problem hatte der Bandchef im Vorfeld geklärt. Das Taxigeld gab es zusätzlich zur Gage.
Wir spielten »Auf Wiedersehen!«.
Das Schiff legte an.

XV
»Desafinado«

Ein ganz anderes Fahrerlebnis ereilte mich bei einem »Jazzfest« in einem renommierten Ostseebad.
Die Band, in der ich damals spielte, hatte einen guten Ruf. Wir wurden für ein Wochenende im Juni mit mehreren Konzerten verpflichtet.

Keine »Riverboat Shuffle«, dafür eine Kutschfahrt durch den Ort mit einem ähnlichen Platzproblem wie seinerzeit auf den Ausflugsdampfern.
Der Kutschwagen zwang mich mit meinem Instrument wieder in eine Schräglage. Der Hals ragte über die Seitenwand hinaus. Ich saß mit halber Backe auf einer Holzbank und hatte große Mühe, mein Instrument zu halten, damit es nicht nach hinten über den Einstieg wegrutschte. Der Schlagzeuger mir gegenüber spielte nur mit kleiner Trommel, die locker zwischen die beiden Sitzreihen passte. Das »Gebläse« saß sich bequem gegenüber. Die Sängerin dazwischen mit einem Megafon.
Der Pianist spielte Akkordeon.

Der Kutscher schnalzte mit der Zunge, die beiden Gäule trabten los. Das löste einen Ruck aus, der meinen »Rubner« mit der Zarge gegen die Sitzbank schlagen ließ. Keine Zeit für eine Schadensanalyse.
»Muss i denn« wurde eingezählt. Wie bei einer »Riverboat Shuffle«, nur dass die Zuhörer links und rechts vom Straßenrand aus zuschauten.

Obwohl das Musizieren eher Krampf war, Händeklatschen und lautstarke Bravorufe gab es, wenn die Dixieland-Kutsche gemächlich über die Straße rollte. Standen keine Leute am Straßenrand, machten wir Pause oder die Kutsche bog in eine Seitenstraße ab und hielt vor einem Haus an.
Der Kutscher drehte sich zu uns um und rief:
»Spielt mal ein Ständchen.«
»When the Saints« schien uns passend zu sein.
Kaum waren die ersten Töne erklungen, streckte uns ein freundlicher Mensch ein Tablett mit Bier entgegen.
»When the Saints« hatte seinen Zweck erfüllt.
Der Kutscher klärte auf:
»Das ist einer der Sponsoren.«
Deshalb diese Abbiege. Nach einem halben Dutzend Stopps mit Bier und Schnaps spielte es sich wie von selbst. Meine Alkohol-Zurückhaltung war bekannt. Man verzieh sie mir. Außerdem war ich inzwischen der Bandchef und musste alles Organisatorische in einem klaren Kopf haben.

Da in mir ein kleiner Perfektionist schlummerte, versuchte ich meinen Bandmitgliedern alles so »mundgerecht« wie möglich zu bereiten. Für jedes Konzert bekam jeder eine Setliste. Die Gagen wurden pünktlich überwiesen. Die Technik von mir bedient, transportiert und hingestellt. Erst wenn das alles erledigt war, konnte ich mich meinem Bass widmen. In meiner Doppelfunktion als Bassspieler und Bandleiter hatte ich nicht nur die

Saiten im Blick, sondern auch die Uhr. Die sponsorenbedingten Kutschfahrt-Unterbrechungen fraßen viel Zeit. Ein nachfolgender Auftritt in einem Restaurantgarten rückte immer näher. Ich drückte aufs Tempo.

Meine Bandkollegen sahen das nicht so verbissen. Sie genossen plaudernd die angebotenen Getränke und fielen in eine Spiellust. Meine dagegen hemmten die unmögliche Bassstellung und der Blick auf die Uhr. Ich bat den Kutscher, die Fahrt so schnell wie möglich zu beenden. Er reagierte mit einem Peitschenknall. Die Gäule zogen kräftig an. Mein »Rubner« quittierte das mit einem weiteren Kratzer.

Endlich erreichten wir den neuen Spielort. Ein Restaurant mit großem Garten, direkt an der Straße. Weitsichtig, wie ich nun mal bin, hatte ich mein Auto mit dem Equipment bereits am Morgen auf dem hauseigenen Parkplatz abgestellt. Direkter Zugang zur Auftrittsfläche.

Das übliche Prozedere begann.

Ausladen.

Anlage aufbauen.

Mikrofone ansprechen.

Bass anschließen.

Titel anspielen.

Um uns herum sahen und hörten uns viele Passanten zu. Als wir mit einem Titel die Anlage testeten – Beifall. Da ich zu jener Zeit nicht nur Bass spielte, sondern auch für die Ansagen sorgte, beendete ich das Anspiel:

»Vielen Dank für Ihr Interesse. Noch einen erholsamen Urlaub. Tschüss, bis zum nächsten Mal.«
Zugegeben, nicht der stärkste Gag. Trotzdem Lacher und Fragen, ob das Konzert schon zu Ende sei.
Der sonnige Nachmittag in diesem Restaurantgarten veränderte für mehrere Jahre mein Leben.

Als wir unser Konzert begannen, entdeckte ich unter den Zuschauern rechts neben mir ein weibliches Wesen, das mich für Sekunden erstarren ließ. Prompt griff ich neben die Saiten und verspielte mich.
Die Blickkontakte hatten es in sich. Aus Angst, in den Pausen könnte dieses Weib verschwinden, hielt ich die musiklose Zeit sehr kurz. Angespornt durch das heftige Händeklatschen der Frau in unmittelbarer Nähe, sprach ich sie an und lud sie zu unserem Konzert am Abend ein, dafür müsse sie mir ihren Namen für die Gästeliste geben.

Wir spielten in einem Nachtclub. Der Laden ausverkauft. Ich gab einem Türsteher den Namen der Lady. Der Weg für ein Kennenlernen war geebnet. Wir hatten gerade mit »Georgia on My Mind« begonnen, als »jenes Wesen, was ich begehre« – frei nach Heinrich Böll – den Raum betrat. Hinreißend, wie sie sich in ihren engen Jeans und einem T-Shirt, das ihre Oberweite markant abzeichnete, durch die Massen schlängelte und einen Platz an der Bar fand. Nervös spielte ich »Georgia« bis zum Schluss und verordnete der Band eine Pause. Die Band sah mich fragend an. Eine Erklärung gab es nicht.

Mein Ziel – die Frau an der Bar. Das war der Beginn einer leidenschaftlichen Zweisamkeit.

Dass Leidenschaft und Leiden zusammengehören, sollte sich bewahrheiten. Aus einem bedingt erklärbaren Grund, den ich an dieser Stelle nicht weiter ausführen möchte, kam es während der Zeit mit meiner Freundin zu einem Abstecher mit einer anderen Frau. Wieder war die Musik der Auslöser. Die Freundin verreist. Ich, emotional aufgeheizt. Hingabe zur Fremdlust.

Vielleicht war es ein Hauch schlechtes Gewissen. Jahre später organisierte ich ein Hotelzimmer für eine Woche zusätzlich zu den »Jazztagen«. Da, wo einst die große Liebe aufflammte, wollte ich unserer Beziehung zementieren.

Am zweiten Abend spielten wir in dem Club unseres Liebesbeginns. Meine Freundin wollte etwas später kommen. Mir blieb Zeit für eine Pfeife in der ersten Setpause. Als ich rauchend durch die Gegend starrte, schoss das Entsetzen in mein Gesicht.

»War das nicht die …?« Sie war es.

Ich nestelte an meiner Pfeife herum und hoffte übersehen zu werden, als sich mir eine Frauenhand entgegenstreckte. Mein irritierter Blick half nicht. Sie gab sich zu erkennen. Nach einer oberflächlichen Begrüßung flüchtete ich auf die Bühne. Die Pause war ohnehin zu Ende. Wir spielten »Bye Bye Love«. Zufall oder Vorahnung? Während der Song dahinplätscherte, kam meine Freundin und setzte sich ausgerechnet neben die peinliche Begegnung aus der Pause. Wäre jetzt vor mir ein Loch aufgegangen … den Rest kennen Sie.

Kein Loch, dafür die nächste Pause. Als ich meine Freundin mit Küsschen umarmen wollte, drehte sie ihren Kopf weg und stellte mir mit einem eiskalten Blick die Barnachbarin vor.

Mit schweigender Unbeholfenheit nickte ich.

»Wir kennen uns«, lächelte mir die Frau neben meiner Freundin zu. Um etwaigen Erklärungen vorzubeugen, stammelte ich: »Muss wieder spielen«, und schlich mich zur Band. Die hockte am anderen Ende der Bar und trank Bier. Ein »Teachers Black Label« schaffte es nicht, meine Schmach zu lindern.

Mit »Undecided« setzten wir den Abend fort. Ich schielte immer wieder zur Bar. Die beiden Frauen unterhielten sich angeregt. Verzweifelt suchte ich während des Spielens nach einer Lösung meines Dilemmas:

»Alles zugeben oder hoffen, dass mein ›Sidestep‹ nicht zur Sprache kommt?«

Die Ansagen zwischen den einzelnen Titeln rissen mich aus meinen Gedankenspielen. Wir waren bei »Bye Bye Blackbird« angekommen. Schluss.

Die »Side step«-Frau – nicht mehr zu sehen. Meine Freundin saß noch an der Bar. Tröstende Erklärungsversuche scheiterten erwartungsgemäß. Sie ließ mich stehen und rannte weg. Hinterherrennen ging nicht, denn ich musste noch die Anlage abbauen und meinen Bass einpacken.

Auf dem Weg ins Hotel zimmerte ich an meiner Offenbarung. Plötzlich sah ich meine Freundin auf einer Bank. Ich ging auf sie zu und setzte mich neben sie.
Das Spiel zwischen »Betrüger« und »Betrogener« begann. Wir beendeten das Bankgespräch und gingen ins Hotel. Meine Annäherungsversuche im Bett schienen erfolgversprechend. Die Zuversicht, dass unsere Beziehung doch noch nicht beendet sei, wuchs. Das Aufwachen begann wortlos. Ich musste zum Auftritt. Gleich neben dem Hotel fand in einem Park das Abschlusskonzert der »Jazztage« statt.

Meine Band war wie in den vergangenen Jahren der Höhepunkt. An diesem Vormittag störte mich alles. Die alten, dutzendmal gehörten Geschichten der Kollegen. Das nervige Einspielen der Bläser. Der Soundcheck mit den üblichen Hörproblemen. Das Warten auf den Konzertbeginn. Die Band befand sich ohnehin in keinem guten Zustand. Meine Art stieß immer mehr auf Ablehnung.

Im Nachhinein betrachtet, konnte ich das verstehen. Ich machte Vorschläge zum Repertoire, legte Bühnenkleidung fest, wollte kein amateurmäßiges Bühnenverhalten. Kurzum: Ich regelte alles. Das missfiel besonders dem Posaunisten. Wie im »normalen Leben« spiegelt eine Band Befindlichkeiten wider. Jeder sucht sich »Ja-Sager», um seine Vorstellungen durchsetzen zu können. Jeder fühlt sich als »Bescheidwisser«.

Als Bandchef konnte ich nur abwägen und Kompromisse schließen, und das allein auf weiter Flur. Ich war ohnehin eher der Ja-oder-Nein-Typ. Argumente gegen meine Ideen ließ ich nur selten zu.
Außerdem ging mir der Dixieland mit den jahrelang eingeschlichenen Fehlern auf den Geist.

Alle Sitzplätze im großen Konzertzelt waren besetzt. Die Seitenwände aufgerollt, damit auch die Herumstehenden noch etwas sehen konnten. Das Abschlusskonzert eröffneten wir mit dem »C Jam Blues«. Der Drummer ging auf die Bühne und trommelte los. Dann kam ich, spielte meine Basslinie. Es folgten nacheinander der Pianist und die Bläser. Jeder improvisierte vor sich hin. In dem Moment, als die Band vollzählig auf der Bühne stand, begann das »C Jam«-Thema. Mein Gespür für einen publikumswirksamen Auftritt bestätigte sich auch diesmal. Die Band spielte ordentlich. Die Zuhörer geizten nicht mit Applaus. Anders als am Abend davor gab es nur eine Pause. Nach rund sechzig Minuten kam sie.

Die Band strebte zum Bierstand. Ich entdeckte meine Freundin in trauter Einigkeit mit meiner Affäre. Eine Situation, die man nur einmal im Leben ertragen möchte. Mit guter Miene zur peinlichen Situation näherte ich mich beiden. Wie zwölf Stunden davor rettete mich die Musik. Ich musste zurück auf die Bühne.

Mit »Let Me See« begann der zweite Teil des Konzertes. Nach acht weiteren Titeln, zwei Zugaben und Dutzenden Verbeugungen war Schluss.

Das Publikum klatschte sich aus, erhob sich langsam von den Plätzen und verließ das Zelt. Einige blieben sitzen und beobachteten das Bühnengeschehen.

Wir begannen, unsere Instrumente abzuräumen.

Dann passierte es. Kritik an meiner Titelauswahl, an meinen Ansagen, an meiner Art, wie ich mit der Band umging. Kritik an meinem »Ton«. Restbesucher verfolgten den verbalen Schlagabtausch. Statt die Bühne zu verlassen, hob ich zum Gegenwort an. Ein heftiger Streit mit gegenseitigen Anwürfen entbrannte. Der Pianist, vom Beruf her Psychologe, versuchte zu besänftigen. Ohne Erfolg. All mein Frust über mich selbst und die Welt platzte heraus. Ich beende die Brüllerei mit meinem Ausstieg aus der Band:

»Heute habe ich zum letzten Mal mitgespielt. Ich steige aus. Für die Bandübergabe teile ich euch in der nächsten Woche einen Termin mit.«

Wortloser Abgang von der Bühne. Zaghafte Versuche, meine Entscheidung zu überdenken, prallten an mir ab. Mein innerlicher Abschied war besiegelt. Die Band fuhr nach Hause. Ich blieb, waren ja noch acht Tage mit Freundin geplant.

Die Stunden nach meinem Bandausstieg verliefen angespannt. Natürlich beschäftigten mich die verlorengehenden Muggen. Die Aufgabe eines Jahrzehnts gemeinsamen und erfolgreichen Musizierens. Der bürokratische Aufwand, den ich als »Ex-Bandleader« nun vollziehen musste.

All das versuchte ich mir schönzudenken, denn ich steckte bereits in den Vorbereitungen einer Bandneugründung.

Meine »Noch-Freundin« reagierte geschockt, als ich ihr von meinem Rückzug aus der Band berichtete.
Sie riet mir, eine Nacht darüber zu schlafen.

Mein Entschluss stand fest: »Ich wage den Neustart.«
Wie es mit meiner Freundin weiterginge, war zu diesem Zeitpunkt offen.

Das aktuelle Geschehen hatte das Beziehungsproblem etwas übertüncht, doch die Spannung zwischen uns war spürbar. Ich versuchte, diese Last zu mindern. Wir einigten uns auf einen Spaziergang. Auf körperliche Annäherungsversuche reagierte sie distanziert. Mein innerster Wunsch, dass sie meinen Fehltritt verzeihen möge, nährte die Versöhnungsnacht. Nach einem von vielen Gutenmorgenküssen blickte sie mich mit großen Augen an und hauchte:
»Ich liebe dich nicht mehr.«
Ich zuckte zurück.
So schlecht waren Küsse und Sex doch gar nicht?
Nach dem Wieso, Warum fragte ich nicht.
Das war die Quittung für meine Treulosigkeit.
Dem Heulen nah, beugte ich mich dem Liebenaus. Mir war klar, weg von hier. Ich packte meine Siebensachen. Ihren Vorschlag, dass wir die verbleibenden Tage doch noch gemeinsam verbringen könnten, überhörte ich.

Wortlos nahm ich meinen Koffer, ging zum Auto und verstaute noch meinen Bass und die Bandanlage.
Mit einem: »Schade«, verabschiedete ich mich von meiner Freundin, die nun die »Ex« war.

Mit Wut über mich selbst und großer Traurigkeit fuhr ich weg vom Ostseestrand zurück in die Großstadt.

XVI
»Goody Goody«

Alle waren sauer auf mich. Die Freundin. Die Band. Nur die Sängerin nicht. Mit ihrer mütterlichen Art hatte sie versucht, die Streiterei auf der Bühne zu schlichten. Resigniert gab sie auf. Sie wollte nicht mehr fest in der Band mitwirken und sich zurückziehen. Für einen Bassspieler findet man schnell Ersatz, bei einer Solistin wird's schwierig bis unmöglich. Die Sängerin prägte die Band. Sie garantierte den Erfolg. Ihretwegen kam das Publikum in die Konzerte.

Bereits als Jugendlicher fand ich ihre Stimme grandios. Heimlich wünschte ich mir:
»Mit der will ich mal musizieren.«
Viele Jahre später sollte dieser Wunsch in Erfüllung gehen. Ich wurde ihr Bassist und Bandleader. Mit großem Respekt und großer Dankbarkeit entwickelte sich ein äußerst produktives, freundschaftliches Miteinander.

Mich ärgerte es, dass es für solch eine Künstlerin nur zu lokaler Bekanntheit reichte. In einem Umfeld, wo der Jazz bestenfalls geduldet wurde und internationaler Austausch Fantasie blieb, köchelte ihre Karriere auf kleiner Flamme. »Die große alte Dame des Jazz«, wie ich sie nannte, gab sich sehr bescheiden.
Sie wollte nie im Mittelpunkt stehen. Sie empfand sich als Bandmitglied. Im Laufe der Zusammenarbeit gelang es mir, diese Haltung etwas aufzuweichen.

Beharrlich fing ich an, vor dem Bandnamen den Namen der Sängerin zu setzen. Für mich hatte die Band ohnehin nur eine Begleitfunktion. Sie hätte jederzeit ausgetauscht werden können. Mein Ansinnen provozierte.

Mit großer Zurückhaltung und innerem Widerspruch wurde mein Vorschlag für die Änderung des Bandnamens akzeptiert. Natürlich merkte ich, dass ich damit am »Stolz« meiner Mitspieler gekratzt hatte.

Vielleicht sind die Bassspieler die »Demütigen« in der Musikergilde? Bläser oder Pianisten dagegen spielen sich gern in den Vordergrund. Dürfen sie auch, wenn sie mit einem Chorus brillieren. Ist der gespielt, dann zurück in den »Begleitmodus«.
Im Profibereich eine Selbstverständlichkeit.

Ich spielte hauptsächlich mit Musikern, die in ihrer Freizeit »jazzten« und einem ordentlichen Beruf nachgingen. Sie waren auf ein »musikalisches Gelegenheitsgeschäft« nicht angewiesen. Ob als Arzt, Ingenieur, Fensterputzer, Orchestermusiker, Regisseur, Angestellter, Techniker, ihr Lebensunterhalt war gesichert. Sie wollten nur Spaß haben. Für mich war die Band nie eine spaßige Wohlfühloase. Ich sah das immer in direkter Konkurrenz zu anderen Dixielandbands und als Kampf um Veranstaltungen.

Als ich einmal vor einem Konzert mit mehreren Bands äußerte, dass wir »gewinnen« müssten, stieß ich auf harsche Kritik. Auf der Bühne, wenn es um Beifall und Erfolg geht, sind mir alle anderen »wurscht«.

Da will ich der Sieger sein. Da muss meine Band »abräumen«. Das ist wie im Fußball mit dem »Elf Freunde sollt ihr sein«-Gerede. Auf dem Platz gewinnt die Mannschaft mit den bissigsten Individualisten und die, die Tore schießt. Der Trainer ist der Koordinator und bestimmt die Spielweise. Ob das nun alles Freunde sein müssen, völlig unwichtig. Mein Fußballer-Musiker-Vergleich kam nicht gut an, widersprach er doch total der Gefühlswelt von Künstlern.

Fortan verkaufte ich die Band mit der »Grand Old Lady« als Aushängeschild. Damals kein Ansatz einer Marketingstrategie. Für mich ein Zeichen von Hochachtung gegenüber einer Künstlerin, die trotz aller Systemwidrigkeit zwischen Verbot und Duldung dem Jazz immer treu geblieben war.

Im Verein der Sängerinnen, mit denen ich im Laufe der Jahre spielen durfte, bestach sie durch eine unsagbare Vitalität und hohe Professionalität. Das Alter, für sie nur eine Zahl. Legten jüngere Solistinnen ihre Texte auf den Notenständer, sang sie alles aus dem Kopf, und das mit einer unfassbaren Sicherheit.

Manchmal klagte sie über eigene Fehler.

Ich fragte dann immer: »Welche Fehler?«

Weder wir Musiker noch das Publikum bemerkten die Kleinigkeiten. Wer stellt sein eigenes Spielen schon infrage? Die meisten meiner musikalischen Mitstreiter verfielen manchmal in eine gewisse Selbstverliebtheit. Schulterklopfen ist ja viel bequemer als Selbstkritik.

Vor den Konzerten hieß es immer Autofahren.

Mein »Wägelchen« war groß genug, um die Anlage, meinen Bass und die Sängerin zu befördern. Viel Zeit zum Plaudern. Während einer Fahrt schlug ich vor, die Ansagen durch eine Art Dialog aufzupeppen.

Auslöser: »Goody Goody«, ein Titel, der 1936 von Matty Malneck und Johnny Mercer geschrieben und durch Benny Goodman bekannt wurde.

Ein Jazzstandard, den wir spielten. Allerdings mit einem deutschen, einem berlinischen, Text, und der hatte seine grammatikalischen Tücken.

Aus »Goody Goody« wurde »Er ist sauer uff dir«:

»Eena kommt und saacht, er liebda, und du bist hin.
Ach du Jüte!
Spielt sich uff wie'n echt Valiebta,
du fliechst druff rin.
Meine Jute!
Du jibst ihm dein janzet Herz.
Doch uff Herz reimt sich ooch Schmerz.
Deinet hatta dir jebrochen!
Mann, det war een übla Scherz!
Und du singst den Blues eene janze Nacht,
diesa Jauna hätt' fast Kleenholz aus dir jemacht!
Doch du hast's ihm jejehm,
bejinnst een neuet Lehm.
Der is sauer uff dir, amtlich sauer uff dir.
Doch du lachst und machst so'n Fehla niemals mehr.«

Daraus entwickelten wir ein Wortgeplänkel über Genitiv und Dativ im Berlinischen. Lacher garantiert.
Die Autofahrerei wurde ein Quell der Kreativität. Kam ich mit einer Idee, verzog meine Mitfahrerin leicht den Mund. Nach kurzem Schweigen fingen wir an, über die Idee zu diskutieren. Der anfänglichen Skepsis folgte ein neuer Text. Für unseren letzten Auftritt beim Festival an der Elbe regte ich an, einen Jazzstandard mit sächsischem Text aufzuführen. Das berlinische »Goody Goody« trauten wir uns nicht zu spielen.

Fans aus der Region hatten zur Vorsicht gemahnt. Gab es doch gewisse Animositäten zwischen Elbe und Spree, und die respektierten wir.
Warum nicht etwas auf sächsisch singen?
Der Vorschlag für das sächsische Lied hieß:
»Chattanooga Choo Choo«. Den »Sonderzug nach Pankow« kannte jeder und das zu adaptieren, legitim.
Zur nächsten Probe lag der Text auf sächsisch vor.
»Saachen Se mal, sind wir uns nich schon mal begeechnet
Ja, Sie! Lang', lang' ist's her, so fuffzig Jahr' ungefähr.
Da war'n mr frisch und mit viel Schönheit noch
geseechnet und mir ham ohne Reschbekt
geechen den tachel gelöckt.
Uns're Musik, das war'n dr Swing, dr Blues,
ja, einfach der Schäss. Einfach verrückt!
Ach, das war 'ne Zeit, die ich ooch nie mehr vergess'.
Und mir ham gehoddet, Taach und Nacht gehoddet ...«
Die Sachsen klatschten frenetisch.

Leider machte die unsägliche epidemische Lage den geplanten Höhepunkt für meine Lieblingssängerin zunichte. Ihr 90. Geburtstag musste im kleinen Kreis mit Maske stattfinden und nicht auf großer Bühne mit vielen bekannten Namen des Jazz.

Bleiben die Erinnerungen an die Konzerte zum 75., 80. Geburtstag und das 50-jährige Bühnenjubiläum.

Das hatte schon was. Die Jubilarin fuhr zu ihrem 75. in einem Cabrio direkt vor die Bühne. Fünfundzwanzig ihrer ehemaligen Studenten sangen »Happy Birthday«. Ein Dreistundenprogramm mit musikalischen Gratulanten aus der Jazzszene. Zum Schluss ein Rosendefilee zu Hildegard Knefs Lied »Für mich soll's rote Rosen regnen«.

Als das »Geburtstagskind« 75 rote Rosen im Arm hielt, hatte ich mein Ziel erreicht.

Taschentücher trockneten die Augen.

Die größte Herausforderung für mich war das »50-jährige Bühnenjubiläum«. Während unserer Autofahrten erzählte sie mir oft von den Anfängen ihrer Jazzlaufbahn und wie gern sie ihr Bühnenjubiläum mit einem Konzert feiern wolle.

Die Spielstätte, in der das erste Konzert stattfand, existierte nicht mehr. Ich spürte einen vergleichbaren Veranstaltungsort in passender Größe auf. Ein Saal mit fünfhundert Plätzen in zentraler Lage. Die Saalmiete in vierstelliger Größenordnung musste im Voraus bezahlt werden. Ich überwies den Betrag und hoffte, dass durch den Verkauf der Eintrittskarten Miete und alle weiteren Kosten gedeckt würden.

Der Vorverkauf begann und schwächelte vor sich hin. An das Geld dachte ich nicht. Der Saal musste gefüllt sein. Also beschloss ich, eine größere Anzahl von Eintrittskarten zu übernehmen und selbst zu vertreiben.

Zahlungssysteme, wie sie heute üblich sind, waren noch nicht bekannt oder erst in einem Entwicklungsstadium. Es blieb nur, den Verkauf per Nachnahme abzuwickeln. Parallel plante ich den Konzertablauf. Es gelang mir, Bands, Sängerinnen und Solisten für das Bühnenjubiläum zu gewinnen. Mein Kartenvorverkauf entwickelte sich gut. Wenige Tage vor dem Konzert waren alle Eintrittskarten weg. Ich hätte ein weiteres Konzert veranstalten können. Doch dieses Risiko war mir zu hoch. Das Jubiläumskonzert, ein großartiger Erfolg.

Das war mein Ding. Etwas organisieren, das reibungslos abläuft, Publikum zu Tränen rührt und in Erinnerung bleibt.

Bei aller Bescheidenheit, grandios.

Bis zu dreißig Mitwirkende ohne Proben in einem Konzert vereinen, das Publikum fesseln und die Jubilarin überraschen. Das hält ein Leben lang nach.

Auf eine Idee bin ich heute noch stolz. Zu einer Zeit, als »Skype« noch etwas »Neues« war, wollte ich zum 80. Geburtstag eine Liveschaltung nach Australien einbauen. Damals konnte ich bestenfalls »Skype« schreiben,

von der technischen Umsetzung keine Ahnung. Mein Geschick im Umgang mit Technikern zahlte sich aus.
Sie fanden eine Lösung, »Skype« per Videowand auf die Bühne zu bringen.

Hintergrund meiner Idee, ein ehemaliger Band-Schlagzeuger, der nach Australien ausgewandert war, sollte live gratulieren. Pünktlich um 21 Uhr begann die Einblendung auf einer großen Projektionsfläche. Zunächst glaubten viele, es wäre ein Video-Einspiel.

Es war original vom fünften Kontinent, 7 Uhr morgens. Die Schaltung klappte problemlos bis zu dem Zeitpunkt, als mein ausgewanderter Schlagzeuger unbedingt sein Geburtstagsständchen singen wollte. Bereits bei unseren E-Mail-Absprachen hatte ich davor gewarnt: »Bild und Ton kommen versetzt an!« Meine Abwiegelungsversuche ignorierte er auch während des Gesprächs via »Skype« vor Publikum auf offener Bühne. Sein Geburtstagsgesang begann. Innerlich »kochte« ich. Bild und Ton liefen nicht zusammen. Nach drei Minuten beendete ich den asynchronen Singsang.
Was mich erzürnt hatte, überhörten alle anderen.
Sie waren begeistert.

An solchen Abenden wurde das Bassspielen zur Nebensache. Ansagen, Zeitplan und Ablauf im Auge behalten, das beanspruchte meine größte Aufmerksamkeit. Die Titel runterspielen – Routine.
Über mein Bassspiel sprach keiner.

Was ich für eine Show auf die Bühne gezaubert hatte, löste Anerkennung aus.
Auf dem Bass spürte ich das Ende meiner Fähigkeiten.
Das Übungspensum steigern?
An der Intonation arbeiten?
Rhythmisch sicher werden?
Diese Gedanken kreisten immer durch den Kopf, wenn ich merkte, dass ich nicht jeder spielerischen Anforderung gerecht werden würde.

Wie heißt es bei Karl Valentin so trefflich:
»Kunst kommt von Können, nicht von Wollen,
sonst müsste es ja Wunst heißen.«

Ich wollte mehr, als ich konnte.
Vielleicht war es auch eine Art Ersatz für fehlendes Können, wenn außerbassmäßige Dinge eine größere Rolle spielten und der Bass umhüllt in der Ecke stehen blieb?

XVII
»A Foggy Day«

Zweifeln – ja.
Verzweifelt war ich nie.
Vielleicht ist das eine meiner Stärken. In meinem Unterbewusstsein schlummert immer eine Lösung.
Wie nach einem Konzert, in östlicher Nähe der Bundesgrenze. Wir spielten in einer wunderschönen Gartenanlage an einem sonnigen Sonntagvormittag. Die Gäste gut gelaunt, unsere Musik freudig angenommen.
Eine lockere, anheimelnde Atmosphäre.
Nach vier Stunden – Abbau und Heimfahrt.

Ich hatte die Lautsprecherboxen, Verstärker und all die anderen Behältnisse mit Mikrofonständern, Mischpult vor die Gartentür gestellt, direkt an die vorbeiführende Straße. Meinen Kontrabass und meinen Verstärker legte ich hinter der Gartentür ab. Auf dem Rückweg zur Bühne, ich hatte etwas vergessen, verwickelte mich der Posaunist in ein längeres Gespräch. Alle anderen Bandmitglieder befanden sich bereits auf der Heimfahrt.

Vertieft im Gespräch, ahnte ich nicht, dass sich der Tag noch mächtig eintrüben sollte. Nachdem ich das Gespräch beendet hatte, nahm ich die stehen gebliebene Tasche, ging durchs Gartentor und sah nichts. Die komplette Anlage weg. Mein erster Gedanke, die haben bestimmt die anderen mitgenommen.
Nach mehreren Anrufen immer die gleiche Antwort:

»Nö, haben wir nicht.«
Mit einer Vorahnung suchte ich Hilfe beim Veranstalter. Doch der zuckte nur bedauernd mit den Schultern und gab mir den Tipp:
»Erstatte eine Anzeige.«
»Wie, was, wo eine Anzeige erstatten?«, ich hatte noch nie im Leben etwas angezeigt.

Zum Glück lag mein Bass noch unberührt im Gras hinter der Gartentür. Wenigstens der wurde nicht geklaut, tröstete ich mich selbst, wäre doch auch viel zu auffällig und beknackt, mit solch einem Monstrum durch die Gegend zu latschen.

Während der Heimfahrt dachte ich über die Anzeige nach und stopfte mir immer neue Pfeifen.
Im »weltweiten Gewebe« gibts bestimmt Foren, die mir helfen könnten, mit dieser Überlegung im Kopf kam ich zu Hause an.

Meine Recherche, wie eine Anzeige gestellt werden muss, begann. Da der Diebstahl nahe der östlichen Grenze geschah, fand ich schließlich ein Onlineformular der zuständigen Behörde, um den Vorfall aktenkundig zu hinterlegen. Zügig tippte ich alle erforderlichen Angaben für die Anzeige in das Formular ein. Mein Ordnungssinn hatte mich vor einem lästigen Herumsuchen bewahrt. Alle erforderlichen Belege, wie Typbezeichnung, Preis, Kaufdatum der gestohlenen Gegenstände, befanden sich in einem Ordner.

Mit einem Klick auf »Absenden« nahm die Anzeige ihren Lauf. Ich bekam die Eingangsbestätigung, ein Aktenzeichen und nach drei Monaten einen analogen Brief von der zuständigen Staatsanwaltschaft mit der Nachricht: »Der oder die Täter konnten nicht ermittelt werden. Das Verfahren wurde eingestellt.«

Mein Problem, ich benötigte dringend eine Anlage. In der darauffolgenden Woche, nach dem Diebstahl vom Sonntag, hatten wir Konzerte. Übrigens am gleichen Ort, an dem ich Jahre später meine Freundin verlieren sollte und die Band verließ. Bei einem Onlinehändler fand ich passendes Equipment.

Ich rief an und klagte mein Leid.

»Bis spätestens Donnerstag muss alles geliefert sein!«, versuchte ich meinem Kaufwunsch Nachdruck zu verleihen. Die Stimme am Telefon konnte mir keine Garantie für die Lieferung geben, aber man werde noch heute alles in die Wege leiten.

Das war am Montag.

Donnerstagnachmittag klingelte es.

Vor meiner Wohnungstür ein Paketzusteller mit zwei großen Boxen und diversen Kartons.

Meine innerlichen Freudensprünge äußerten sich in einem üppigen Trinkgeld für mehrere Feierabendbiere.

Zusteller und ich bedankten einander.

Bis in den späten Abend probierte ich die Anlage aus.

Alles funktionierte.

Die Konzerte konnten wie geplant stattfinden.

Als ich die neue Anlage für das erste Konzert aufbaute, hatte ich wenigstens ein Wort der Anerkennung erwartet. Es gab lediglich Fragen, wer für den Diebstahl aufkommen würde und wieso die Anlage überhaupt geklaut werden konnte.
Ich reagierte schroff:
»Ich zahle den ganzen Kram und stelle die neue Anlage kostenlos der Band zur Verfügung.«
Ein weiteres Steinchen für meinen späteren Bandausstieg.

XVIII
»I Found a New Baby«

Mein neues »Baby« war meine neue Band.
Das Kapitel »Dixieland« geschlossen.
Musiker, die ich kannte, lud ich zu einem Treffen ein. Wir legten Standards aufs Pult und spielten drauflos. Ohne Bläser, dafür mit Gitarre, einer jungen Sängerin, einem Sänger, Bass, Klavier und Schlagzeug. Das war etwas ganz anderes als zu Dixielandzeiten. Stunden später stellte ich die entscheidende Frage:
»Wollen wir als Band zusammenspielen?«
Zustimmendes Nicken.

Wieder wurde ich Bandchef. Erneut musste ich organisieren. Bandlogo, Fotos, Website, Visitenkarten kein Problem. Die musikalische Leitung übertrug ich dem Pianisten. Einem erfahrenen Profi mit einem guten Ruf in der Szene. Seine Titelkenntnisse wollte ich für das Konzept nutzen. Swingstandards modern gespielt.
Wir begannen mit den Proben.

Pingelig achtete der Pianist auf jede Kleinigkeit. Das »Nur-aus-Spaß-Musikmachen« meiner Dixielandzeit war vorbei. An musikalischen Details wurde verbissen gearbeitet. Besonders der Schlagzeuger und ich bekamen Etliches zu hören. Während einer Probe brach der Pianist plötzlich ab und fragte mich:
»Woran erkennt man sofort, dass ein Bassist an die Tür klopft? Das Klopfen ist unrhythmisch!«

Ich konterte, während die Band vor sich hin feixte:
»Ich klopfe nicht arrhythmisch, ich drück den Klingelknopf.« Der alte Bassistenwitz als Spitze auf meine rhythmischen Ungenauigkeiten.
Mein leidiges Problem – Tempo halten.
Um es nicht bei einer ironischen Bemerkung zu belassen, bekam ich noch die Empfehlung, ich solle doch mit einem Metronom üben.

Ich besaß drei jener alten mechanischen Taktgeber im Holzgehäuse mit Federaufzug, doch damit mochte ich gar nicht erst anfangen. Schließlich besorgte ich mir ein zeitgemäßes digitales Metronom. Mit einem Metronom üben, das war schon Jahrzehnte her und nervend in Erinnerung.

Weg mit den Erinnerungen und den KORG-Klicker eingeschaltet. Brav versuchte ich, dem elektronischen Taktklacken zu folgen. Ein mühsames Unterfangen. Die Schwächen, alle Töne gleichmäßig im vorgegebenen Timing zu spielen, deutlich hörbar.

Bei dieser »Überei« stieß ich auf ein sonderbares Empfinden. Während des Spielens glaubte ich, genau richtig zu liegen. Das rhythmische Geklicke offenbarte das Gegenteil. Ich eilte voraus. Meine Schlussfolgerung, gegen das Gefühl, langsamer spielen. Ein mühevoller Prozess begann. Ich musste mich vollkommen umstellen. Manchmal packte ich es, meistens nicht. Swingend zu spielen, ist der schmale Grat, genau im Timing zu sein und trotzdem einem Stück diesen gewissen Drive zu verleihen, dass es swingt. Mit Worten lässt sich das nur schwerlich erklären. Das ist wie mit der Liebe. Erklärungen taugen bestenfalls für eine vage Deutung. Erst wenn alle Sinne explodieren und Worte versagen, dann könnte es Liebe sein.

Mit der neuen Band wollte ich nicht nur mein Bassspiel verändern, sondern auch ein anderes Instrument einsetzten. Ich kaufte mir einen »Upright Bass«. Der sah modern aus und hatte keinen großen Korpus. Ein dickes Brett als Kontrabass-Silhouette. Abgesehen davon, dass sich diese Art Bass viel leichter spielen ließ, war auch das Tragen kein Vergleich zu meinem »Rubner«. Das »Brett« wog nur knapp die Hälfte. Dieser Vorteil wurde nahezu aufgehoben, denn ohne Verstärker blieb der »Upright Bass« stumm. Ich musste immer einen Verstärker mitnehmen, wenn ich meinen neuen Bass zum Klingen bringen wollte. Die Schlepperei blieb erhalten, wenn auch auf zwei Teile getrennt. Ich versuchte, mit dem neuen Instrument klarzukommen. Vergebens, die Umstellung vom Kontrabass auf den »Upright« brachte nichts. Er klang künstlich. Es fehle die Wärme eines Kontrabasses. Ich griff wieder zu meinem großen Holz. Das passte auch viel besser zum Swing.

Eine Zeit intensiven Übens begann. Unvorbereitet zur Probe hätte nur kritisch-strafende Worte vom musikalischen Leiter hervorgerufen. Seine Art, wie er Klavier spielte und vor allem wie er arrangierte, gefiel mir.
So sollte die Band klingen.

Natürlich kannte ich viele Titel aus Dixielandzeiten, doch jetzt kamen überraschende harmonische Wendungen hinzu. Anfang und Ende eines Titels wurden genau festgelegt. Den Chorussen die Zufälligkeit genommen. Die Gesangsstimmen in das musikalische Konzept eingepasst. Das alles ließ mich mit freudigem Optimismus in meine Musikantenzukunft schauen.
Besonders die beiden Gesangsstimmen gaben der Band eine ansprechende Klangfarbe.
Sangen beide im Duett, ging mir das Herz auf.
Darauf und auf den Gitarristen setzte ich.
Für einen 16-Jährigen spielte er ordentlich Klavier und Gitarre. Ein Talent.
Im Kopf sah ich die Band bereits auf der Bühne.
Eine attraktive Sängerin, die richtig gut singen kann.
Ein Sänger, der nicht nur mit seiner Stimme Mädchenherzen von 18 bis 80 dahinschmelzen lässt.
Ein Sonnyboy am Schlagzeug mit Hut.
Der seriöse Pianist im Anzug mit Krawatte, der exzellent Klavier spielt.
Ein junger Gitarrist als Überraschungstalent.
Ich, die graue Eminenz im Hintergrund, am Bass.
Schwerelos sind alle Fantasien, belastend das Leben.

    Mit der Verpflichtung des minderjährigen Gitarristen bekam ich die Mutter dazu. Sie begleitete ihren Sohn zu jeder Probe, zu jedem Konzert. Was zunächst von allen schmunzelnd hingenommen wurde, entwickelte sich immer mehr zu einem Störfaktor.

Bekanntlich pflegen Musikanten einen Umgangston und ein Miteinander, das nicht so recht in eine Mutter-Sohn-Welt passt. Da fällt schon mal eine launige Bemerkung. Schrammen Scherze an der Gürtellinie entlang. Ist Alkohol kein Tabu.

Auf diese Ungezwungenheit prallten nun das Söhnchen und sein Mütterchen. Wir disziplinierten unseren Ton und zwangen uns zur Rücksicht. Die Augen begannen zu rollen, wenn Mama mit ihrem Filius auftauchte. Ihre »gluckenhafte« Fürsorge, die sie an den Tag legte, erschien uns schon etwas übertrieben.

Mama legte die Bühnenklamotten zurecht, stellte ein Glas Mineralwasser auf den Tisch – Cola war verboten. Mama putze das letzte Staubkörnchen von den Schuhen und mischte sich in die Titelauswahl ein.

Ich versuchte das immer mit dem Hinweis auf die Minderjährigkeit zu beschönigen, bis mir der Kragen platzte. Vor einem Konzert übernahm Mama die Absprachen mit dem Veranstalter und den Technikern. Ich bemerkte das erst, als mich ein Techniker darauf hinwies, dass alles schon besprochen sei.

»Was ist besprochen?«, fragte ich.

»Na, eure Managerin hat uns bereits über das Programm und die technischen Anforderungen informiert und alles geklärt«, wies mich der Tonmann zurecht.

So was mochte ich überhaupt nicht, wenn mir jemand in mein Metier hineinquatschte und Absprachen traf, von denen ich nichts wusste.

Mit gepresster Stimme machte ich mir Luft. Mama akzeptierte meine harschen Worte und nahm sich fortan zurück. Der Mutter-Bandchef-Konflikt war erledigt.

Was indes aufzukeimen begann, das Problem eines älteren Pianisten mit einem jungen Gitarristen. Immerhin trennten beide 35 Lebensjahre. Noch ahnte ich nichts von irgendwelchen Diskrepanzen. Für mich war das die richtige Mischung. Musikalische Profierfahrung und junges Talent. Damit wollte ich vor dem Publikum auftrumpfen.

Für eines unserer ersten Konzerte baute ich eine Solonummer für den 16-Jährigen ein. Er wechselte von der Gitarre zum Flügel und spielte eine jazzige Improvisation über Beethovens »Mondscheinsonate«. Recht geschickt verknüpfte er seine Spielweise mit dem Originalthema. Kleinere spielerische Schwächen entschuldigte sein Alter. Er verzückte das Publikum. Es forderte eine Zugabe. Am Bühnenrand hörte mein Pianist mit steinerner Miene zu. In der Pause nahm er mich zur Seite:

»Das kann man nicht machen, das passt nicht in unser Konzept. Diesen Musikzirkus will ich nicht.«

Die Publikumsreaktion spielte bei ihm keine Rolle. Diese zehn Minuten Klaviersolo sollten für die Band ein Warnsignal sein. Mich dagegen bestätigte der Beifall für den jungen Kerl am Klavier.

Die Mädels im Publikum hatten bestimmt nicht nur feuchte Augen bekommen.

Ich konnte meinen Pianisten verstehen.

Er spielte sich bei jedem Chorus die Finger wund und bekam nur mäßigen Applaus. Das Jüngelchen haute einmal in die Tasten und die Zuhörer rasteten aus.

Altes Bühnengesetz:

»Gegen Kinder und Tiere hat keiner eine Chance.«

So sehr ich die musikalischen Qualitäten meines Pianisten schätzte, umso mehr gingen mir die Nörgeleien über Bühnensound und Technik auf den Keks. Etwas störte ihn immer. Schraubte der Junggitarrist an seinem ROLAND herum, um einen passenden Klang zu finden, tönte es von den schwarzen und weißen Tasten:

»Mach die Kiste leiser. Das ist zu laut.«

Probierte er seine Gitarreneffekte aus, kam als Reaktion:

»Lass dieses ›Gelump‹ weg, das hat im Swing nichts zu suchen.« Übertrieb er bei einem Chorus und verlor sich darin, erntete er nur ein Kopfschütteln.

Meine Schlichtungsversuche, dass er noch ausprobieren und lernen müsse, lösten nur oberflächlich die Spannung, die Ursache nicht. Auch ich wurde zum Angriffspunkt, wenn Techniker nicht das zusammenmixten, was mein Pianist hören wollte.

Als ich einmal auf das Kabel zwischen meinem Bass und meinem Verstärker latschte, explodierte er und brüllte während des Konzertintros:

»Der Bass ist zu leise. Ich höre nichts.«

Während ein Techniker zur Bühne rannte, hatte ich den Fehler bereits entdeckt.

Der Stecker war durch meinen Fehltritt aus der Anschlussbuchse gerutscht. Ich drückte ihn wieder in das vorgesehene Loch und mein Bass brummte. In jenen Situationen hilft nur die Ruhe. Schuldzuweisungen auf der Bühne sind das Letzte, was ein Problem löst.
Sie vermiesen nur die Spielfreude.
Dieses Konzert nahm kein gutes Ende.
Ich leistete mir noch kleinere Patzer.
Techniker vergaßen, das Mikro hochzuregeln.
Die Bassdrum hatte etwas zu viel Bums.
Das Klavier war im Monitor zu leise.

Von alledem bekam das Publikum nichts mit und klatschte begeistert. Nach der lächelnden Abschiedsverbeugung, auf dem Weg in die Garderobe, brach das Ungemach los:
»Hier spiele ich nie wieder. Die Techniker sind das Letzte. Keine Ahnung. Chaotentruppe.«

Ich versuchte erst gar nicht zu beschwichtigen. Meine Verärgerung über falsche Harmonietöne bei »My Funny Valentine«, die ich mir leistete, war noch nicht abgeklungen.

Als wir uns voneinander verabschiedeten, bat mein Pianist um eine Bandbesprechung zum nächsten Probentermin.

In jeder Band, in der ich spielte, gab es diese »Bandbesprechungen«, und die signalisierten immer:
»Alarmstufe Rosa«.

XIX
»Polka Dots and Moonbeams«

Ein ganz anderes Rosa musste ich als Farbe eines Kleides bei meiner Sängerin ertragen. Während unserer Bandgründung sprachen wir auch über die Bühnenkleidung. Meine Vorgabe – jeder darf das anziehen, was er mag, seinen Typ unterstreicht und sich vom Publikum abhebt.

Bei Musikern ist das unproblematisch. Sie schlüpfen in einen schwarzen Anzug, fertig. Meinem Gitarristen empfahl ich eine bunte, altersgemäße Kluft. Meinetwegen auch Sneaker.

Etwas schwerer fiel es mir, meine Vorstellungen der Sängerin klarzumachen. Sie war Anfang dreißig, gut proportioniert, mit einer einnehmenden Ausstrahlung. Was ich nicht so prickelnd empfand, ihre »Kledasche«. Mir war das alles zu bieder. Von sexy keine Spur.
Für mich musste die Sängerin nicht nur die Ohren erfreuen, sondern auch die Augen.
Ihre Stimme schaffte das. Ihr Outfit nicht.

Ich hielt mich mit konkreten Vorschlägen zurück und vertraute auf die Wirkung meiner allgemeinen Hinweise. Ihre Zusage, dass sie zum ersten großen Konzert mit einem neuen, schicken Kleid überraschen wolle, ließ mich hoffen. Die innere Spannung blieb.
Wir begannen das Konzert mit »Jay Jay«.

Sie erinnern sich – Motiv aus der beliebten TV-Sendung »Der 7. Sinn« von 1966 bis 2005?

Danach spielten wir »Sunny« als instrumental.
Es folgte der erste Titel mit Sängerin. George Gershwins »They Can't Take That Away«. Während der Einleitung betrat sie im neuen Kleid die Bühne.
Rosafarbig mit kleinen weißen Tupfen.
Tailliert, etwas zu eng.
Ohne Ärmel.
Hochgeschlossen, mit einer Art Schleife am Hals.

Dieser schulmädchenhafte Look übertraf all meine Befürchtungen. Solch ein Kleid wäre ein Trennungsgrund von jeder meiner Freundinnen gewesen. Ich konzentrierte mich auf mein Bassspiel und verbannte den rosa Schock aus meinem Blickfeld.

Mein Freund brachte es nach dem Konzert auf den Punkt: »Sie sah zwar beschissen aus. Gesungen hat sie fantastisch. Ich hab die Augen geschlossen.«

XX
»After You've Gone«

Der Erfolg des Abends überstrahlte meine Rosa-Kleid-Aversion. Als sie mich fragte, wie sie mir gefallen habe, mogelte ich mich mit belanglosen Floskeln aus dem Gespräch. Der Zeitpunkt für eine Outfit-Analyse ohnehin denkbar ungünstig. Wir feierten unseren ersten großen Auftritt und freuten uns über die Glückwünsche von Freunden und Angehörigen. Mama nahm gerührt ihren Sohn in den Arm und dankte mir, dass er in der Band mitspielen durfte. Zur Belohnung für seinen gelungenen Auftritt goss ich ihm trotz mütterlichen Verbotes ein Glas Cola ein.

Meine Sängerin hatte inzwischen ihr Rosa-Tupfen-Kleid im Kleidersack verstaut und Jeans angezogen. Schwarzes Korsett, darunter eine klassische Businessbluse in Weiß, dazu schwarze Skinny Jeans, ein Jäckchen oder ein ganz schlichter Mantel, den sie während des Auftritts hätte ablegen können. Dazu High Heels und nicht dieses beknackte Kleid, schoss mir durch den Kopf, als ich sie erblickte.

»Wir haben noch viel zu arbeiten«, riss mich mein Pianist aus meinen Haute-Couture-Fantasien. Ich nickte nur zustimmend und suchte meinen Sänger. Der saß abseits vom »After Show«-Trubel. Ich setzte mich zu ihm und versuchte aufzumuntern. Bereits bei den Proben war mir seine Zurückhaltung aufgefallen.

Selten scherzte er, zettelte ein Gespräch an oder schlug einen Titel vor, den er gern singen wolle. Ihm war das Fummeln am Handy und Bilderposten wichtiger. Wenn es um die Musik oder die Band ging, benötigte er immer einen Anstupser. »Dein ›Nature Boy‹ war sagenhaft und das Duett ›Baby It's Cold Outside‹ der Hammer«, begann ich meine Aufmunterung.
Er reagierte mit einem verhaltenen Lächeln.

»Nur in den Duetten kannst du mit der Sängerin noch intensiver spielen«, schloss ich meinen Monolog.
Sein: »Ich weiß nicht, ob ich das kann«, weckte den »Küchenpsychologen« in mir.

Nach jeder Probe nahm ich mir Zeit für ein Gespräch. Wir fanden einen dünnen Draht zueinander. Er bat mich um Tipps für Bühnenklamotten. Wollte wissen, wie er mit der Sängerin umgehen soll, und fragte nach Songs, die zu ihm passen könnten.

Ich schickte ihm Abbildungen von Anzügen, die seinen Typ unterstrichen. Schlug vor, wenn's zum Titel passt, ein Liebespaar zu spielen. Nannte ihm Songs wie »I've Got You Under My Skin«, »Fly Me to the Moon«, »There Will Never Be Another You«.
Er dachte darüber nach.
Nach einem zeitweiligen Aufblühen, weiteren Konzerten und dem Bandgespräch gab er auf.
Er verschwand aus dem Musikerleben.
Ob er sich überfordert fühlte oder an seinem Verzweifeln scheiterte, blieb sein Geheimnis.

XXI
»Trouble in Mind«

Der Erfolg meiner neuen Band hielt sich in Grenzen. Verwöhnt aus der Dixiezeit, erwartete ich eine Fortsetzung mit anderer Musik. Musikalisch fühlte ich mich wohl. Muggenmäßig nicht. Ich setzte auf Veranstalter, die ich kannte. Manchmal klappte es dort zu spielen, wo ich mit Dixieland erfolgreich gewesen war. Eine Kontinuität entstand nicht. Der Terminkalender zeigte wenige Wochenenden mit Muggen an. Meine neue Band passte offensichtlich nur bedingt in Frühschoppen, Brunches oder ähnliche Veranstaltungen.
Anfragen blieben unbeantwortet.
Die Demo-CD ungehört.
Wer kauft schon eine Band ein, die keiner kennt?
Spielten wir doch eine Musik, die es von etablierten Bands zuhauf gab. Uns fehlte etwas Auffälliges, Hörenswertes, etwas Besonderes. Der Faktor Zeit und mein Konzept sollten das ändern. Ich war überzeugt, dass wir uns kontinuierlich nach vorn spielen und Erfolg haben würden. Den jungen Gitarristen in den Vordergrund stellen. Das Können meines Pianisten für neue Ideen nutzen. Die Sängerin und den Sänger als auffallendes Duett entwickeln. Das Potenzial war vorhanden. Es fehlte nur noch Geduld und Beharrlichkeit.

In dem anberaumten Bandgespräch wollte ich diese Vorstellungen festzurren. Während ich meine Absichten darlegte, drehte mein Pianist das Gespräch in eine ganz andere Richtung:

»So geht das alles nicht. Wenn schon Klavier und Gitarre, dann muss das alles aufeinander abgestimmt sein. Zufälligkeiten lehne ich ab.«

Dem Gitarristen warf er an den Kopf:

»Talent allein reicht nicht. Eine Bühnentauglichkeit spreche ich dir ab. Ein weiter so, ohne mich. Entweder Klavier oder Gitarre.«

Bei aller Kritik, so etwas einem jungen Musiker vor den Latz zu knallen, war schon heftig. Mir fiel nichts ein, um gegenzusteuern. Ich fragte nur:

»Du beabsichtigst auszusteigen?«

Seine Antwort: »Ja.«

Die Band war gescheitert, oder gab es noch eine Lösung? Verzweifelt versuchte ich einen Kompromiss herbeizureden. Kaum hatte ich einen Gedanken zu Ende geführt, fiel immer nur:

»Entweder Klavier oder Gitarre.«

Es fühlte sich an wie die Wahl zwischen Neuer oder Nübel, vegan oder Rumpsteak, Apple oder Windows, Erfahrung oder Talent.

Eines war mir schlagartig klar, wenn du jetzt keine Entscheidung triffst, war's das mit der neuen Band.

Ich entschied mich für das Klavier.

Mein junger Gitarrist und mein Sänger verließen den Probenraum, der Rest blieb sitzen.

Sänger und Gitarrist hatten sich verbündet.

Es war bitter.
Meine Kompromissversuche gescheitert.
Aus meinem Sextett war ein Quartett geworden.
»Lässt sich auch ›gagentechnisch‹ besser anbieten«, versuchte ich die Situation etwas zu entkrampfen.
»Und wie soll es jetzt weitergehen?«, fragte der Schlagzeuger. Meine spontane Idee: »Wir streichen die Duette. Die Gitarrentitel übernimmt das Klavier. Das Programm wird auf die Sängerin zugeschnitten. Sie führt mit kleinen Geschichten durchs Programm.«
»Kann ich mir gut vorstellen, wenn wir, statt Titel hintereinander wegzuspielen, alles in eine Art Dramaturgie einpassen«, unterstützte mich mein Pianist. An Probe war nach dem Bandgespräch nicht mehr zu denken. Tage später hatte ich das neue Konzept.

Ich nahm den Namen der Sängerin, setzte ein »& Band« dahinter, bastelte neues Werbematerial und schrieb einen Moderationstext. Einen für Liebeslieder und einen für Weihnachten. Mir war schon klar, dass die Welt auf unsere Programme nicht wartete. Trotzdem wollte ich es umsetzen.
Wir probten und probierten aus.
Die ersten Aufführungen stießen beim Publikum auf freundliche Zustimmung. Die Veranstalter blieben regungslos.
Letztlich war es für mich ein Schüsschen in ein Öfchen.
Kleiner Lichtblick, wir gaben auch ganz normale Konzerte mit Gastmusikern.

Auf der Suche nach einem neuen Sänger stieß ich auf einen Typen, der mich faszinierte.
Ein hagerer Profi, mit einer modernen Art zu singen.
Die Stimme eher gewöhnungsbedürftig als gefällig.
Brillant seine Instrumenten- und Geräuschimitationen.
Die Chorusse virtuos.
Seine Art reserviert und mäkelig.
Er war Veganer.
Damit konfrontiert, mussten wir erst mal nachfragen, was denn das sei, ein »Veganer«.
Heute bedarf das keiner Erklärung mehr.

Jeder weiß, Veganer sind die besseren Menschen, die sich und die Welt retten, nicht rauchen, auf alles Tierische verzichten, Fahrrad fahren und besser im Bett sind als die fleischessenden Zeitgenossen, deren Blut träge durch die verstopften Adern fließt.

Ich, als rauchender, Bass spielender Autofahrer, soll an sexhemmenden Verstopfungen leiden und verantwortlich für den Weltuntergang sein?

Mein Blut strömt normgerecht durch alle (!) Körperteile. Mich belasten bestenfalls steigende Tabak- und Spritkosten.

Für einen veganen, nikotinfreien Sänger, dessen Stimmbänder kaum etwas wiegen, der radelnd zur Mugge kommt, sind das alles keine Probleme.

Unsereins huckt einen Brocken tief klingendes Holz durch die Gegend, gönnt sich Rauchpausen und kommt trotz Parkplatzsuche pünktlich zur Mugge.

Organisatorisch hatte ich alles im Griff, bis auf die freien Stellen im Terminkalender. Musikalisch vertraute ich dem Pianisten. Seine Ansprüche steigerten gewaltig mein Übungspensum. Je öfter ich zum Instrument griff und mich durch die Noten quälte, je verzweifelter wurde ich.

Es gelang mir nur bruchstückhaft, das Notierte auf das Instrument zu übertragen. Die alte, manchmal oberflächliche Dixielandzeit steckte noch in meinen Fingern. Ich übte mit Metronom. Wiederholte die Basslinien ganz langsam, bis jeder Ton sauber klang. Legte die Noten beiseite und spielte alles aus dem Kopf.

Ging es dann zur Probe, entdeckte der Pianist neue Schwächen und äußerte Skepsis an meinem Übungseifer. Rechtfertigungsversuche startete ich erst gar nicht. Musik ist wie Mathematik: »Richtig« oder »Falsch«. Sicherlich etwas zugespitzt. Tatsächlich lässt sich jeder Ton in einer Basslinie genau analysieren.

Liegst du mit deinem Basston etwas zu hoch oder zu tief, ist das falsch. Erklingt dein Basston genau im Rhythmus, ist das richtig.

Damit nicht genug. Die Basstöne müssen auch in das harmonische Gefüge eines Stückes passen. Ist die Bassstimme im Notenbild festgehalten, spielst du das, was auf dem Papier steht. Sind nur Buchstaben aufgeschrieben, dann liegt es an deinem Können, genau die Töne zu finden, die zu jeder einzelnen durch Buchstaben angezeigten Harmonie passen.

Selbst wenn du das alles im Griff hast, kommt noch das Feeling zum Spiel. Jenes Gespür für ein Stück, das aus einem simplen Kinderlied Jazz macht, es zum Swingen bringt.
Kaum Muggen.
Die Unzufriedenheit des Pianisten.
Fehlende Probenwilligkeit des Schlagzeugers.
Das Einfordern neuer Titel der Sängerin, die immer häufiger mit einer schlagerhaften Attitüde sang.
All das dämpfte zunehmend die Freude am Musizieren. Es war schon zu viel Zeit vergangen, um alles in eine Richtung zu bewegen, die Zufriedenheit hätte auslösen können.

Ich hatte die Schnauze voll.
Per E-Mail gab ich das »Aus« der Band bekannt.
Kein Widerspruch oder Wunsch zum Weitermachen.
Die Bandauflösung wurde hingenommen.
Der Bandname bei Facebook & Co gestrichen.
Die Website gelöscht.
Die Veranstalter …
Welche Veranstalter?
Es war wie die Trennung von der Freundin. Du bist plötzlich frei und fühlst dich hundsmiserabel.

    Eine Niederlage zugeben, ist hart. Fragten mich Freunde und Bekannte, begründete ich das Ende meiner Band mit »Rücken« und »Maske«. Fiel doch alles in jene Zeit, als die Viren die Veranstaltungen fraßen.

Mit dieser Begründung kaschierte ich die wahren Gründe meiner Bandauflösung. Ich hatte genug vom Organisieren für andere. Die Suche nach Bandkonzepten und Kompromissen war ich leid.
Das Sich-verantwortlich-Fühlen hatte ich satt.
Meine Lust am Bandleader war erloschen.
Nie wieder eine Band!

Vorsorglich informierte ich mir bekannte Bands, dass ich ab sofort als Aushilfe zur Verfügung stehen könne.
Mein Angebot schlug sich in zahlreichen Basseinsätzen nieder. Auch wenn es bis heute nur Geburtstagsfeiern, Autohauspräsentationen oder Hochzeiten waren.

Warum nicht spielen, Applaus bekommen, hin und wieder einer Kellnerin begegnen, Gage einstecken, nach Hause fahren?
Weder der Welt noch mir muss ich etwas beweisen.
Den Jazz kann ich ohnehin nicht mehr erfinden.
Meinen Alltag mit Fitness-Studio-Abos verplempern?
Auf Kreuzfahrtschiffen faulenzen und fett werden?
Das Kochen lernen? … Tödlich.

Bassspielen ist durch nichts zu ersetzen.
So wie heute Abend.
Aushelfen bei Not am Bassisten.
Die Freude am Musizieren kehrt zurück.

XXII
»Careless Love«

Ich weiß nicht, wie Sie sich erinnern?
Bei mir ist das so. Höre ich einen Musiktitel, ploppt in meinem Kopf sofort das dazugehörige Ereignis auf.
Bei »Careless Love« sehe ich mich immer im Matrosenanzug, im schwarzen und weißen Smoking. Es erscheint eine Drehbühne mit terrassenförmig aufgebauten Flügeln und mein Kontrabass mit aufgeklebtem Zettel der »Careless Love«-Harmoniefolge.

Die erste Band, in der ich spielte, hatte neben Festivals und Konzerten auch Theaterverpflichtungen. Ein Stück spielte auf einem Luxusdampfer mit einer Dixielandband. Mit meinem Einstieg in die Band musste ich auch diese Aufgabe übernehmen.

Theaterstücke kannte ich nur vom Zuschauerraum aus. Auf die Bühne gehen und losspielen, wie bei einem Konzert, war's schon mal nicht. Wo ich auf der Bühne stehen und was ich da machen soll, erklärten mir die Bandmitglieder:

»Du musst den Matrosenanzug anziehen, hinter der Bühne warten, auf Zeichen spielen und einmarschieren. Danach den Smoking. Vorher den Bass hinter der Bühne ablegen. Bist du umgezogen, kletterst du auf den ersten Flügel links unten. Vor der Pause schließt sich hinter uns der Vorhang, wir spielen ›Careless Love‹.«
Ich nickte interessiert, verstand aber nur Bahnhof.

Als dann noch die Kollegen begannen, sich gegenseitig zu korrigieren, und jeder meinte, er wisse es ganz genau, kapitulierte ich.
»So wird das nichts«, unterbrach ich den Redefluss.
Da schlug der Trompeter vor:
»Du hältst dich immer an mich. Ich zeige dir, wo du stehen und was du anziehen musst. Nächste Woche hast du ohnehin noch eine Anprobe.«

Der Tag der Anprobe war für mich aufregend. Zum ersten Mal zog ich einen Smoking an. Wider Erwarten passte alles. Meinen Vorgänger hatte ich schlanker in Erinnerung. Die Garderobiere konnte Nadel und Faden stecken lassen. Auch das Matrosenkostüm umhüllte spannungsfrei meinen Körper.
Im Schnelldurchlauf bekam ich die Wege zur Bühne und meinen Auftrittsorten gezeigt.

Außerdem lernte ich die Titel, die wir spielen mussten, kennen. Darunter jenes »Careless Love«, das der Trompeter mit Hinweisen ergänzte: »Pass auf, dass du mit dem Bass vor dem Vorhang stehst und nicht dahinter verschwindest. Einen Schritt nach vorn gehen. Die Band steht in einer Reihe direkt an der Bühnenkante.«

Im Wust der Eindrücke und Erklärungen ging das genauso unter wie die Szene mit dem Flügel. Ich erinnerte mich nur an die Anweisung, ich müsse mich auf den ersten Flügel, links unten, mit meinem Bass hinstellen. Noch heute treibt es mir Schweißperlen auf die Stirn, wenn ich an den weißen Flügel denke.

»Vom Matrosenkostüm rasch in den weißen Smoking wechseln. Wir haben nur wenige Minuten Zeit«, hatte mich der Trompeter während der Aufführung nochmals ermahnt.

Die Szene im Matrosenkostüm war vorbei. Ich legte meinen Bass hinter der Bühne neben dem mir zugewiesenen Flügel ab, eilte in die Garderobe und schlüpfte in den weißen Smoking. Mein »Lotse«, der Trompeter außer Sichtweite.

Ich rannte zur Bühne, nahm meinen Bass und wollte mich auf dem Flügel platzieren. Der Flügel verschwunden. Nicht zu sehen. Einfach weg.

Umherirrend spürte ich plötzlich einen kleinen Ruck. Die Flügel befanden sich auf einer Drehbühne, die sich in Richtung Vorhang bewegte. Das hatte mir keiner gesagt. Die Band, bereits auf Position, gestikulierte wild, dass ich mich beeilen müsse.

Einen Kontrabass ohne Ausprobieren unter Zeitdruck in Smoking und Lackschuhen auf einen Flügel hieven, ein Kraftakt.

Der Vorhang öffnete sich.

Im letzten Moment hechelte ich mit meinem Instrument auf die vorgesehene Position und musste sofort spielen. Alle gelobten, besser auf mich aufzupassen.

In den folgenden Aufführungen waren die Drehbühne und alle andere Bühnenpositionen kein Problem mehr. Das Kraxeln auf den Flügel auch nicht. Dafür traf mich während der zweiten Aufführung ein Anschiss.

Nach einem Wechsel vom Smoking in den Matrosenanzug trottete ich pfeifend die Treppe von der Garderobe zur Bühne hinunter. Plötzlich riss mich eine markante Stimme aus meinem Gepfeife.

»Junger Mann, wissen Sie nicht, dass man in einem Theater nicht pfeift!«

Erschrocken starrte ich auf den Schauspieler, der mir das entgegengedonnert hatte.

Mein Pfeifen verstummte.

Wahrscheinlich wieder so ein Theateraberglaube, wie beim »toi, toi, toi«, für das man sich nicht bedanken darf, schoss es mir durch den Kopf.

Nach der Aufführung fragte ich den Schlagzeuger, der als Techniker über jahrelange Theatererfahrung verfügte und sich sehr gut auskannte.

Mit einem dozierenden Augenaufschlag begann er seine Erklärung: »Pfeifen im Theater ist verboten. Zu Zeiten, als es noch keinen Strom gab, wurde mit Gaslampen beleuchtet. Ging die Flamme aus, fing es an zu pfeifen. Das war das Warnsignal für ausströmendes Gas. Um nun Fehlalarme auszuschließen, verbot man das Pfeifen im Theater. Und das hat sich bis heute gehalten.«

XXIII
»Auld Lang Syne«

Ein ganz anderes Problem bescherte mir jenes englische Lied, das rund um die Weihnachtszeit gespielt wird und der Verstorbenen gedenkt.

Die zweite Theaterinszenierung, bei der ich mitwirken durfte, war wieder Neuland für mich und wie schon gehabt ohne Proben. Im Stück gab es eine musikalische Herausforderung. Das »Auld Lang Syne«-Thema als Unisono mit Klavier und Banjo.

Da die Band ohne Pianisten besetzt war, bekam ich den Part zugeteilt. Obwohl mein Klavierspiel schon längst seinen Glanz verloren hatte, traute ich mir die paar Takte trotzdem zu.

Der Aufwand für die Band, gering.
Wir spielten in Alltagskleidung.
Keine »Umzieherei«.
Fast nur Pause.
Über dreieinhalb Stunden zog sich die Aufführung hin.
Bluesimprovisation zwischen den einzelnen Bildern.
Vor der Pause noch der »Tin Roof Blues«.
Zum Schluss das Solo mit Klavier und Banjo.
Alles in allem nur sieben Minuten Musik.
Viel Zeit, um in der Garderobe die Schauspieler beim Repetieren ihrer Texte zu beobachten und ohne Instrumente die nächste Musiknummer durchzuspielen. Da das Theaterstück eine Wiederaufnahme war, ließ es sich

der Regisseur nicht nehmen, anwesend zu sein. Hatte er etwa eine Vorahnung, um nach der Vorstellung korrigierend eingreifen zu müssen? Das Stück, seit Monaten nicht auf dem Spielplan, ließ einiges in Vergessenheit geraten. Ich, ohnehin ahnungslos, und die Band …
Der Regisseur sollte genug Zündstoff für seine kritischen Anmerkungen bekommen.

Das »Auld Lang Syne«-Thema war dran. Ich setzte mich an das Klavier, hinter einem halb transparenten Vorhang. Mit der linken und rechten Hand begann ich zu spielen. Ich hatte fleißig geübt, der Banjospieler nicht. Seine Melodie lag gelegentlich etwas neben meiner. Vom Unisono keine Spur. Dadurch irritiert, erwischte ich auch mal eine falsche Taste. Der Peinlichkeiten nicht genug, riss noch eine Banjosaite. Ein dumpfes »Plopp« beendete unser Zusammenspiel. Dadurch konnte ich das Thema ohne weitere störende Banjotöne zu Ende bringen und der Banjospieler eine neue Saite aufziehen. Für ihn ein Klacks. Saiten aufziehen, eine seiner leichtesten Übungen.

Ich kann mich an keine Mugge erinnern, bei der ihm nicht mindestens eine Saite riss. Und wenn's beim letzten Titel war. Ein Draht hing immer schlaff an seinem »Eierschneider« herunter.

Das Reißen einer Banjosaite ist nichts gegen das Zerfetzen einer Kontrabasssaite. Fliegt dir die geballte Zugkraft von rund zwanzig Kilogramm um die Ohren, musst du höllisch aufpassen, dass dir die Saite keinen

Schmiss ins Gesicht zaubert. Ich bin heute noch dem »Saiten-Gott« dankbar, dass er mich vor diesem Leid bewahrt hatte.

Was genauso schmerzt, aber im Geldbeutel, ist der Steg. Kippt der um, donnern rund zwei Zentner geballter Saitendruck auf die Bassdecke. Die Saiten baumeln dann spannungslos in der Luft. Die Decke ziert ein wunderschöner Riss, und der geht richtig ins Geld.
Deshalb tragen Bassspieler ihr Instrument mit großer Vorsicht durch die Gegend. Bei mir ist der Steg immer gegen die Laufrichtung gedreht. Mit meinem Körper schütze ich die sensible Bass-Vorderseite.

Einmal verließ mich meine Vorsicht. Ich zog mein Instrument aus dem Bus und zack, rutschte es mir aus der Hand und knallte mit dem Stachel auf die Straße. Instinktiv griff ich auf die Saiten. Die Spannung war noch da. Ich packte den Bass aus, alles in Ordnung. Als ich mit dem Stimmen begann, drifteten die Töne immer wieder in den Keller. Ich drehte und drehte. Die Saiten ließen sich nicht mehr auf die erforderliche Höhe bringen. Sie schwangen in einer undefinierbaren Tiefe.

Nach Minuten der Hilflosigkeit entdeckte ich das Elend. Die Zarge, die Boden und Decke verbindet, war gerissen. Die Folge, der Stimmstock, ein Rundholz vergleichbar mit einem Stück Besenstiel, das gegen den Boden drückt, konnte keine Gegenkraft mehr aufbauen.
Physik 6. Klasse.
Kraft gleich Gegenkraft – 3. Newtonsches Gesetz.

Bassspielen ist die pure Mathematik und Physik. Du musst bis vier zählen können und vom 3. Gesetz des Herrn Newton schon mal etwas gehört haben.

Mein erster Gedanke: Sekundenkleber. Bescheuert. Außer einer großen Schmiererei rund um den Riss und zusammengepappten Fingern hätte das nichts gebracht. Zum Glück hatte ich keinen Kleber.

Eine Schraubzwinge wäre die Lösung gewesen. Im Kofferraum lagen aber nur eine Rolle Vier-Millimeter-Kupferdraht, ein Schraubendreher und eine Zange. MacGyver erwachte ihn mir. Ich umschlang mehrmals den Basskorpus mit dem Kupferdraht. Mit der Zange verdrillte ich die Drahtenden und schob den Schraubendreher zwischen die Drahtlagen. Vorsichtig begann ich den Schraubendreher, wie einen Knebel um die Längsachse zu drehen. Der Draht fing an, sich zu spannen. Je mehr ich drehte, desto kleiner wurde der Riss zwischen Zarge und Boden. Mit etwas zittriger Hand griff ich an den Wirbel der G-Saite und begann zu stimmen.
Die Stimmung hielt.
Dank MacGyver, Newton und Kupferdraht – die Mugge war gerettet.

Ein anderes Konzert endete mit einem Desaster.
Wir spielten als zweite Band auf einer Freiluftbühne.
Das Wetter böig. Das Publikum erwartungsvoll.
Nach dem vierten Bandtitel die Sängerin, die bereits hinter der Bühne auf ihren Auftritt wartete.

In der letzten Sekunde stellte ich das Programm um. Ich schob noch einen Instrumentaltitel dazwischen. Kaum hatten wir damit begonnen, fegte plötzlich eine Windböe über die Bühne. Die über uns befindliche Lichttraverse kippte nach vorn, krachte beim Fallen gegen den neben mir stehenden Bass der Vorband und schlug mit den Scheinwerfern dicht hinter die Mikrofone auf die Bühne. Das E-Piano bekam durch einen Scheinwerfer auch noch einen Schlag ab. Der Posaunist stürzte zu Boden und blutete. Trompeter, Saxofonist und ich konnten uns gerade noch durch einen Sprung zur Seite vor der herabstützenden Scheinwerfertraverse retten.

Aufschrei im Publikum.

Konfusion auf der Bühne.

Die Sängerin geschockt.

Eine äußerst attraktive Besucherin rannte zum Bühnenrand, um dem blutenden Posaunisten zu helfen. Als er aufstehen und instinktiv nach seiner verbeulten Posaune greifen wollte, bremste sie seinen Musikerreflex und drückte ihm ein Taschentuch auf die blutende Stelle. Sie war Krankenschwester, wie sich später herausstellte. Der Bassist von der anderen Band eilte auf die Bühne und betrachtete seinen demolierten Bass:

»Ich bin versichert«, sein lakonischer Kommentar.

Das Konzert war beendet. Das Nachspiel begann. Schuldfragen wurden gestellt. Der Veranstalter meinte, wir seien an die Traverse gestoßen und hätten sie zu Fall gebracht. Ich zweifelte den ordnungsgemäßen Aufbau des Lichtgerüstes an. Geklärt wurde die Schuldfrage an diesem Abend nicht.

Ich fuhr den lädierten Posaunisten in die Unfallklinik. Bis auf die Platzwunde am Kopf, die zerbeulte Posaune, das verschmutzte Jackett und den kleinen Kratzer am E-Piano keine weiteren Schäden. Ein schier endloser Streit um die Schuldfrage begann. Gutachten wurden eingeholt. Die unsachgemäße Aufstellung der Lichtanlage bewiesen. Schuldzuweisungen wiederholt. Der Veranstalter schob die Schuld auf die Firma, von der er die Lichttechnik angemietet hatte. Für mich jedoch war klar, der Veranstalter hatte die Lichtanlage schlampig aufgebaut.

Es ging vor Gericht. Ein Restbetrag von 3,50 Euro Reinigungskosten wurde angezweifelt. Dafür musste ich als Zeuge erscheinen und das Zustandekommen der Jackett-Blutflecke erklären.

Lächerlich.

Monate später – die Posaune ausgebeult, die Wunde am Kopf verheilt, Schmerzensgeld, Jackettreinigung bezahlt und der Kratzer am E-Piano nicht mehr sichtbar.

Was wäre ohne Lichttraverse und Windböe passiert?
Die attraktive Krankenschwester aus dem Publikum hätte von mir viele intensive Blicke bekommen und ich eventuell ihre Telefonnummer.
Warum musste die Mugge am Abend stattfinden?

XXIV
»Rudi Ratlos«

Die Band bekam ein Filmangebot. Zum Hochgefühl, in einem Spielfilm mitwirken zu dürften, mischte sich eine gewisse Ratlosigkeit. Der Regisseur, der die »große alte Dame des Jazz« sehr mochte, wollte, dass sie im Dixieland-Stil Lindenbergs »Rudi Ratlos« singt.

Abgesehen davon, dass der Text nicht zu einer älteren Sängerin passt, konnten wir uns eine Dixie-Umsetzung nicht vorstellen. Ich sprach mit der Filmproduktion, ob wir nicht einen anderen Titel spielen könnten. Der Regisseur blieb bei seinem Ansinnen und bat um ein Demo.
Vielleicht wird damit hörbar, dass es nichts wird mit dem Lindenberg-Titel im Dixie-Stil?, hoffte ich.
Andererseits wäre die Absage des Filmangebots sehr ärgerlich gewesen.
Die Sängerin löste das Dilemma.
Sie sang die Melodie nur auf Vocalisen, als Scat.
Das Textproblem war damit geklärt.
Die Demofassung mit Klavier und Gesang überzeugte.
Wir bekamen den Drehtermin in einem ehemaligen NVA-Areal. Pünktlich reisten wir in der Besetzung Bass, Klavier, Schlagzeug, Tenorsaxofon, Gesang an.
Film hat schon was.
Tausende Menschen wirbeln umher.
Jeder hat etwas Wichtiges zu tun.

Ein großer Catering-Bus sorgt für das leibliche Wohl.
Die Schauspieler bekannt.
Freudestrahlend begrüßte uns der Regisseur und erklärte die Szene. Eine Art Tanzlokal sollte unser Auftrittsort sein, die Anwesenden würden tanzen.
Der »Ton« machte vor Drehbeginn eine Aufzeichnung, damit später im Playbackverfahren verschiedene Einstellungen gedreht werden konnten.
Wir spielten den Dixieland-Rudi und boten noch »When the Saints» als Ersatz an. Es blieb beim »Rudi«.
Nach der Tonaufnahme in die Maske.
Geschminkt wurde nur die Sängerin.

»Für eine Totale mit der Band braucht es keine Maske«, mit diesen Worten schickte uns die Maskenbildnerin zur Garderobiere. Auf einer Stange hingen rosafarbene Nylonhemden. Jeder griff nach seiner Größe und zog ein Hemd an. Die passten perfekt zu unseren schwarzen Hosen, sahen lediglich etwas »drollig« aus.
»Wirkt wie eine abgefuckte Tanzkapelle«, kommentierte ich die Bandkostümierung, »hat bestimmt einen dramaturgischen Sinn.«

Derartig ausstaffiert gingen wir zum Drehort und mussten warten. Vom Catering-Bus bekamen wir Kaffee, und wer Hunger hatte, durfte sich etwas aussuchen.

Der Dreh begann. Das Playback mit dem gescatteten »Rudi« wurde eingespielt. Die Schauspieler folgten den Anweisungen des Regisseurs.
Einrichten neuer Einstellungen.

Wir taten so, als würden wir spielen. Mittagspause. Vom Catering-Bus warme Speisen. Fünf Stunden später – Drehschluss. Der Regisseur bedankte sich. Die Crew klatschte. Eine beeindruckende Geste.
Hollywood darf anrufen.

Wochen später kam der Anruf. Eine Einladung zur Filmpremiere. Vor dem Kino der rote Teppich. Die Sitzplätze mit Namen gekennzeichnet. Der Film, eine Komödie mit grotesken Szenen über die Endzeit der NVA. Und dann – meine Szene. Schauspieler tanzten zu unserem »Rudi«. Die Band in den rosa Hemden sah tatsächlich aus wie eine ins Alter gekommene, abgespielte Tanzkapelle. Nach 20 Sekunden Schnitt. Das war's mit meiner Filmkarriere. Nicht ganz, denn nach der Aufführung wurde ich, der Bassspieler, auf die Bühne gebeten, bekam eine rote Nelke und Applaus.

Der Film geriet leider nicht in die Nähe eines Blockbusters, wird dennoch an historischen Tagen rund um den »Einheitstag« gern im Free-TV ausgestrahlt. Außerdem gibt es für 16 Euro und weniger die DVD. In einem Videoportal ist der Film auch abrufbar.

Manchmal bekam ich Anrufe von Bekannten, die glaubten, mich in einem Spielfilm gesehen zu haben. Mit Stolz erzählte ich von meinem realen Filmeinsatz.
Dabei durchströmt mein Körper ein Gefühl wie bei lobenden Worten nach dem Sex.
Wobei die Wahrscheinlichkeit von Sex größer ist als die Mitwirkung in weiteren Spielfilmen – bis jetzt jedenfalls.

An Abenden wie heute nach einer Mugge zu Hause angekommen, trinke ich immer eine große Tasse Kaffee und genieße eine Pfeife.
Das ist für mich eine Art »Runterkommen-Ritual«.
In diesen Momenten empfinde ich eine »Hassliebe« zu meinem Kontrabass.

Ich hasse ihn, weil seine Last meinen Rücken strapaziert, und liebe ihn, wenn ich auf der Bühne stehe und beklatscht werde.
Ich verteufele ihn dafür, dass er mich beim Spielen quält, und mag ihn, klingt er so, wie ich will.
Ich bekomme Gänsehaut, höre ich Ray Brown, Charlie Haden, Niels-Henning Ørsted Pedersen, Ron Carter.
Ich leide, wenn ich …

Moment …
Mein Telefon.
Könnte Hollywood sein …
»Natürlich erinnere ich mich.«
Die Kellnerin von heute Abend …
»Ob ich jetzt noch auf einen Kaffee …?«
»Sehr gern, natürlich komme ich …
bin schon auf dem Weg …«

*»Bassisten lieben Frauen,
und zwar richtige Frauen.«*
(Charlie Haden)

Titelliste zum Buch und Nachhören

You've Gone
EV: Campble and Burr (1918)
K/T: Henry Creamer / Turner Layton

Auld Lang Syne
EV: Tiny Hill and His Orchestra & Erwin Bendel (1939)
K/T: Robert Burns (Traditional)

Auf Wiedersehn
EV: Erika Brüning & Schöneberger Sängerknaben (1950)

Blueberry Hill
EV: Swing and Sway K/T: Eberhard Storch
& Sammy Kaye / T. Ryan (1940)
K/T: Al Lewis / Larry Stock

Bourbon Street Parade
EV: Santo and His New Orleans Rhythm Kings (1956)
K: Paul Barbarin

Bye Bye Blackbird
EV: Sam Lanin's Dance Orchestra & A. Hall (1926)
K/T: Ray Henderson / Mort Dixon

Bye Bye Love
K/T: Boudleaux Bryant / Felice Bryant
EV: The Everly Brothers (1957)

Careless Love
EV: Bessie Smith (1925)
K/T: Traditional

Chattanooga Choo Choo · Dixiezug nach Dresden
EV: Glenn Miller Orchestra & T. Beneke
Four Modernaires (1941)
EV: Ruth Hohmann & JAZZ COLLEGIUM Berlin (2011)
K/T: Harry Warren / Mack Gordon
dt. Text: Ruth Hohmann

C Jam Blues
EV: Duke Ellington and His Famous Orchestra (1942)
K: Duke Ellington

Crimson and Clover
EV: Tommy James and The Shondells (1968)
K/T: Tommy James, Peter Lucia

Days of Wine and Roses
Henry Mancini, His Orchestra and Chorus (1962)
K/T: Henry Mancini / Johnny Mercer

Do You Know What It Means
EV: Louis Armstrong and His Dixieland Seven (1946)
K/T: Eddie DeLange, Louis Alter

Down by the Riverside
afroamerikanischer Spiritual (1918)

The Sidewalks of New York (East Side West Side)
EV: Shannon Quartet (1924)
K/T: Chas. B. Lawlor / James W. Blake

Embraceable You
EV: Ginger Rogers and Allen Kearns (1930)
K/T: George Gershwin / Ira Gershwin

Fly Me to the Moon (In Other Words)
EV: Kaye Ballard (1954)
K/T: Bart Howard

Georgia on My Mind
EV: Hoagy Carmichael and His Orchestra (1930)
K/T: Hoagy Carmichael / Stuart Gorrell

Goody Goody · Er ist sauer uff dir
EV: Ted Wallace and His Swing Kings (1936)
EV: Ruth Hohmann & JAZZ COLLEGIUM Berlin (2006)
K/T: Matty Malneck, Johnny Mercer
dt. Text: Ruth Hohmann

Happy Birthday (to You)
EV: Bing Crosby with Ken Darby Singers
Victor Young and His Orchestra (1947)
K/T: K. Mildred J. Hill

Honeysuckle Rose
EV: Bert Stock and His Orchestra (1930)
K/T: Fats Waller / Andy Razaf

How High the Moon
EV: Edgar Hayes and His Orchestra (1938)
K: Joe Garland, Wingy Manone, Jimmy Dale

I Can't Get No Satisfaction
EV: The Rolling Stones (1965)
K/T: Mick Jagger / Keith Richards

I Found a New Baby
EV: The Dixie Stompers / Fletcher Henderson (1926)
T/K: Jack Palmer / Spencer Williams

Ice Cream
EV: Waring's Pennsylvanians (1927)
K/T: Robert A. King / Howard Johnson

In the Mood
EV: Edgar Hayes and His Orchestra (1938)
K/T: Joe Garland, Wingy Manone, Jimmy Dale

I've Got You Under My Skin
EV: Frances Langford & Jimmy Dorsey Orchestra (1936)
K/T: Cole Porter

Jay Jay
EV: Kenny Clarke (1964)
K/B: Kenny Clarke / Alfred Noell (7. Sinn)

Just One of Those Things
EV: R. Himber and His Ritz-Carlton Orch. & S. Allen (1935)
K/T: Cole Porter

Mack the Knife
EV: Kurt Gerron (1928)
K/T: Kurt Weill / Bertolt Brecht, Marc Blitzstein (engl. Text)

Moanin'
EV: Art Blakey and the Jazz Messengers (1958)
K: Bobby Timmons

Muss i denn
EV: Comedian Harmonists (1933)
K/T: Traditional

My Favorite Things
EV: Mary Martin, Patricia Neway (1959)
K/T: Richard Rodgers / Oscar Hammerstein II

My Funny Valentine
EV: Mitzi Green (1937)
K/T: Richard Rodgers / Lorenz Hart

Nature Boy
EV: Nat King Cole & Orchestra Frank De Vol (1947)
K/T: Eden Ahbez

Nobody Knows You When You're Down and Out
EV: Blind Bobby Baker and His Guitar (1927)
K/T: Jimmie Cox

On the Sunny Side of the Street
EV: Ted Lewis and His Band (1930)
K/T: Jimmy McHugh / Dorothy Fields

Please Don't Talk About Me When I'm Gone
EV: Ernie Golden and His Orchestra (1931)
K/T: Sidney Clare / Sam H. Stept

Polka Dots and Moonbeams
EV: Tommy Dorsey and His Orchestra & Frank Sinatra (1940)
K/T: Jimmy Van Heusen / Johnny Burke

Riverboat Shuffle
EV: Wolverine Orchestra (1924)
K: Hoagy Carmichael, Irving Mills, Dick Voynow

Royal Garden Blues
EV: Noble Sissle and His Sizzling Syncopaters (1921)
K/T: Clarence Williams / Spencer Williams

Route 66
EV: The Nat King Cole Trio (1946)
K/T: Bobby Troup

Rudi Ratlos
EV: Udo Lindenberg & Das Panikorchester (1974)
K/T: Udo Lindenberg

St. James Infirmery
EV: Django Reinhardt & Hot Club de France (1940)
K/T: amerikanisches Volkslied unbekannten Ursprungs
Irving Mills / Don Redman

St. Louis Blues
EV: Ciro's Club Coon Orchestra (1918)
K/T: W.C. Handy

Sunny
EV: Mieko Hirota (1965)
K/T: Bobby Hebb

Take the A Train
EV: Duke Ellington and His Famous Orchestra (1941)
K/T: Billy Strayhorn

They Can't Take That Away from Me
EV: Fred Astaire with Johnny Green and His Orchestra (1937)
K/T: George Gershwin / Ira Gershwin

The Sidewalks of New York (East Side West Side)
EV: Shannon Quartet (1924)
K/T: Chas. B. Lawlor / James W. Blake

There Will Never Be Another You
EV: John Payne & Joan Merrill (1942)
K/T: Harry Warren / Mack Gordon

Things Ain't What They Used to Be
EV: Cootie Williams and His Orchestra (1944)
K/T: Mercer Ellington / Ted Persons

Trouble in Mind
EV: Thelma La Vizzo (1924)
K/T: Richard M. Jones

Undecided
EV: »Fats« Waller and His Rhythm (1939)
K: Sid Robin, Charlie Shavers

When It's Sleepy Time Down South
EV: Louis Armstrong and His Orchestra (1931)
K/T: Clarence Muse, Leon René, Otis René

When You're Smiling
EV: H. Thies and His Hotel Sinton Orch. & Don Dewey (1925)
K/T: Joe Goodwin, Mark Fisher, Larry Shay

EV = Erstveröffentlichung
K/B = Komposition / Bearbeitung
K/T = Komposition / Text

CD-Empfehlungen

Ray Brown
»Basics – Best of the Ray Brown Trio« *(1977–2000)*
Concord (Universal Music)

Ray Brown · John Clayton · Chris McBride
»Super Bass 2« *(2001)*
Telarc

Ray Brown & Niels-Henning Ørsted Pedersen
»Double Bass« *(1994)*
SteepleChase

Niels-Henning Ørsted Pedersen
»The Bass in the Background« *(2005)*
Storyville (New Arts International)

Charlie Haden
»5 Original Albums« *(2018)*
Emarcy Records (Universal Music)

Ron Carter
»My Personal Songbook« *(2015)*
In + Out Records (Edel)

Aus der Fotoserie »BassFascination« von Stefan Lasch

alle Fotos unter https://bass-fascination.com